宿る夜に
gin no
shukufuku ga
yadoru yoru ni
JN009607
「愛している。サーシャ」
想いをひとつに、厳かに誓いのくちづけを交わす。
その瞬間、湖面がまたも眩く光った。

銀《ぎん》の祝《しゅく》福《ふく》が宿《やど》る夜《よる》に

宮《みや》本《もと》れん

ILLUSTRATION：サマミヤアカザ

銀の祝福が宿る夜に

LYNX ROMANCE

CONTENTS

銀の祝福が宿る夜に

イシュテヴァルダの冬が明けた。

一年のほとんどを雪と氷に閉ざされ、『世界の北の果て』と呼ばれるこの国に、やっとよろこびの春が訪れようとしている。

アルベルトは書類から目を上げ、誘われるようにして執務室の窓に歩み寄った。

眼下には難攻不落を誇る堅牢《けんろう》な石造りの城壁が、その向こうには真っ白な雪に覆われた深い渓谷が一望できる。マントを広げたような緩やかな丘を下った先には蜂蜜《はちみつ》色の煉瓦《れんが》を敷き詰めた城塞都市や農地が広がり、その遥《はる》か遠くには青い針葉樹の森や、根雪を頂く山々が連なっているのが見えた。

王族の血を引くものとして生まれ、小さな頃から目に焼きつけてきた景色だが、この立場に立ってからは目に映すたびに良い緊張感に包まれる。民衆が自分に向ける眼差《まなざ》し、そこにこめられた思いに自分は応えられているだろうかと己をふり返る機会になるからだ。

「常にそう在《あ》りたい。そう在らねば」

言い聞かせるようにして窓に映る自分を見つめる。

見返してくるのは、この国を背負う覚悟と威厳に満ちた男だ。

父親譲りの褐色の肌に焦げ茶の瞳。赤褐色の髪は情熱の炎のようとも、あるいは身を焦がす残照のようとも言われる。「いざという時は軍を率いて勇敢に国を守れ」との父の教えに従い鍛えた身体は逞《たくま》しく、騎士にも劣らないまでになった。

すべては、このイシュテヴァルダを守るため――。

無意識のうちに握っていた拳《こぶし》を解き、アルベルトはあらためて眼前の景色を見下ろす。

遠目にはやっと冬の眠りから覚めたばかりに見える風景も、目を凝らせば生き生きと育まれる命の縮図を感じ取ることができる。北の果てに暮らす人間にとって、季節が巡るということは新しい希望そのものでもあった。

春はすべてのはじまりだ。

長い冬を耐えた木々は満を持して若草色の芽を出し、冬眠から覚めた家畜たちは春来を祝うように子供を産む。人々は額に汗して大地を耕し、秋の実りを願って種を蒔《ま》く。雪解けとともに森から木が切り出され、木材に加工され、それを使った建設工事がはじまる。解氷とともに船が出され、捕った魚は保存食に加工され、それを運ぶ仕事がはじまる。

歯車が回るように、産業や貿易がいっせいに動き出すのが春なのだ。

そしてその歯車が恙《つつが》なく回り続けるよう、目を配るのが自分の役割のひとつでもある。

今日も農業改革の進捗状況について報告を聞き、貿易の追加品目を承認し、伝統工芸保護の嘆願書にも目を通し、さらにその合間を縫って灌漑《かんがい》工事の計画書にサインするという多忙ぶりだった。まだ夜も明けぬうちから執務に就いたというのに、もうすぐ昼になろうとしている。

小さく嘆息していると、ノックに続いて執務室のドアが開いた。

「失礼いたします」

入ってきたのは家令のフランシスだ。

サインした計画書を渡してくると出ていったきり、しばらく戻ってこないと思ったら、その手には書類や書簡の束が握られているではないか。またたっぷり追加の仕事を持ってきたらしいと知って、やれやれと苦笑が浮かんだ。

「目が回りそうだな」

「イシュテヴァルダ繁栄の証《あかし》でございますよ。陛下にはますます頑張《がんば》っていただきませんと」

「まったく。おまえはいつも容赦がない」

大袈裟《おおげさ》に顔を顰《しか》めてみせてもフランシスはどこ吹く風だ。

代々王家に仕える貴族の家に生まれたフランシスは、六歳になる頃に彼の父親について城に上がり、子供の頃は王太子だった自分の遊び相手として、大きくなってからは頭脳明晰《めいせき》な右腕として、長年に亘《わた》って支えてくれている。

輝く金の髪を靡《なび》かせ、颯爽《さっそう》と歩く姿は高嶺《たかね》の花と呼ばれるほどだ。本人としては不本意でしかない呼び名のようだが、すらりとした体軀《たいく》に整った容姿となれば人々が放っておくはずもない。

そんなフランシスは執務机の上に紙の束を置くと、すぐ隣にやってきた。

「アドレアからの船が到着したそうです。港は朝から大賑《にぎ》わいだとか」

「そうか。いよいよ春が来たと実感するな」

「一番の荷がまもなく城に届くでしょう。料理長のイリスが今か今かと待ち構えていますよ」

「珍しい食材に腕が鳴るだろう。俺も楽しみだ」

思わず笑みが浮かぶ。

食べるのが大好きなイリスのことだ、きっとまた趣向を凝らしたものを拵《こしら》えて自分たちを驚かせてくれるに違いない。小さな頃はいつも同じような食材ばかり口にしていた気がするが、交易が盛んになるにつれて食卓に並ぶものも多様化した。

先代王である父から王位を継いで十四年。

父や祖父の代は在位期間のほとんどを領土争いに費やしたと聞いたが、近年は周辺諸国との関係も改善し、互いの国の発展のために同盟を結んだり、貿易を推奨したりと、王が行う政務自体も大きく様変わりしつつある。

奪い合う時代はもう終わりだ。

これからは支え合い、ともに栄える時代が来る。

「なぁ、フランシス。十年後、二十年後、この国はどうなっているだろうな」

「陛下？」

「いつも眠る前に考える。この国の将来を、俺たちが死んだ後の未来の姿を。――俺は、明日をも知れぬ戦乱の時代に二度と逆戻りさせたくない。俺は、この国をもっと豊かにしたい。すべての民が安心して暮らせる国にしたいのだ」

愛するものを失うことに慣れさせたくなどない。いかなる理由があろうとも、国家や種族の諍《いさか》いで罪のない人々が引き裂かれるようなことがあってはならない。

それは国王としての誓いであり、かつて伴侶に味わわせてしまったような辛《つら》い思いを二度と誰にもさせるまいという自戒の念でもあった。

思いをこめて眼下を見渡す。

フランシスはじっとこちらを見つめていたが、ややあって静かに微笑《ほほえ》んだのが気配でわかった。

「国民が慕うわけです。陛下ほど、自分たちのために心を砕いてくださる方はいないでしょうから」

「俺は俺にできることをしているだけだ」

「それがうれしいのですよ。喪に服されていた頃とは別人のようです」

言わんとすることを察し、アルベルトは小さく含み笑う。

「そうだとしたらサーシャのおかげだな」

人生の伴侶となったサーシャとの出会いは、文字どおり自分の人生を大きく変えた。運命だったと言ってもいい。

アルベルトは感慨深さにしみじみとしながら壁に飾った絵を見上げた。

結婚の記念に宮廷画家に描かせた肖像画だ。本来であれば王と王妃それぞれ一枚ずつ絵にするものだが、あえてふたり一緒に式典装束で描くよう頼んだ。人生最良の日の記憶と未来への決意を永遠に留《とど》めておきたかったからだ。

自分は金糸刺繍《ししゅう》の入った漆黒の衣装を身に纏《まと》い、王冠を頂いて立っている。すぐ横ではサーシャが真紅の衣装に身を包み、結い上げた銀髪をたくさんの花で飾ってしあわせそうに微笑んでいた。

なんと誇らしい気持ちになる絵だろう。ふり仰ぐたび、あの素晴らしい日に心が還《かえ》る。

「懐かしいものだな」

思わず洩《も》れた呟《つぶや》きに、横にいたフランシスが「ええ」と続けた。

「あれからもう四年になりますね」

「四年か……あっという間の四年間だった」

アルベルトはそっと目を細める。忙しくも楽しく、充実していて、なにより人を愛するよろこびを深く嚙《か》み締めた四年間でもあった。

自分が誰かを愛するなど、王となる前の自分が知ったらさぞや驚くだろう。ましてや伴侶を迎えるなんてきっと信じないに違いない。

あの頃の自分はとにかく感情を削《そ》ぎ落とそうとしていた。悲しみと苦しみ、恨みだけを原動力に、代々の王が守ってきた王冠にふさわしい人間で在るよう必死になっていたのだ。

アルベルトは遠い過去に思いを馳《は》せるようにゆっくりと瞼《まぶた》を閉じる。

それはまだ、自分が二十歳になったばかりの頃――。

かつてイシュテヴァルダでは、狼《おおかみ》は禁忌の生きものと呼ばれていた。月夜に谺《こだま》する咆哮《ほうこう》を耳にするだけで呪われるという噂《うわさ》もあったほどだ。

時折森を出ては農地をウロつき、人を襲う狼を人々は怖《おそ》れ、忌み嫌ってきた。できるだけの対策がなされたものの効果は虚《むな》しく、とうとうアルベルトの弟であるユリウスまでがその牙の犠牲となった。

わずか六歳で生涯を閉じた第二王子の死を悼《いた》んで国中が喪に服した。

　当時国王であった父は息子の死を乗り越えようと毅然《きぜん》と振る舞ったが、王妃である母はショックのあまり心を閉ざし、ひとり離宮に閉じこもるようになった。

　愛する弟を失った悲しみと、守ってやれなかった悔しさに加えて、家族がバラバラになったことでアルベルトの狼への恨みはさらに募った。

　諸悪の根源を根絶やしにすることでユリウスの無念を晴らそうと、アルベルトは父から王位を譲り受けてすぐ狼の殲滅《せんめつ》を命じた。強硬手段を取ることに父は懸念を示したが、国の平和を思えばこそと自らの信念を貫いた。

　そんな時だ。サーシャに出会ったのは。

　視察で訪れた街の路地裏で彼を見つけた。あちこち擦り切れた貫頭衣に身を包んでいても、彼には内側から光り輝くような美しさがあった。一目で心を奪われたのを今でもはっきり覚えている。

「出会った時のことを思い出しておられるのでしょう？」

　横からフランシスが声をかけてきて、ふと我に返った。

「よくわかったな。そんな顔をしていたか」

「ええ。うれしそうなお顔を」

　さすが、気心の知れた幼馴染《おさななじ》みはなんでもお見通しらしい。こんなふうに思い出話ができる側近がいてくれるのもうれしいことだ。

「あの時のサーシャといったら……怪しげな店の主人に騙《だま》されかけていたというのに、まるで疑いもしないでいたな」

「よほど世間慣れしていなかったのでしょう」

「そんな純真なところが眩《まぶ》しかった」

「すぐ城に連れて帰るなどとおっしゃって」

「おまえには散々小言を言われたっけな」

　顔を見合わせてくすりと笑う。

　サーシャが城の生活に馴染めるだろうかという心配は、幸いにも杞憂《きゆう》に終わった。

　何事にも一生懸命なサーシャを城中のものが受け入れ、手を差し伸べるようになるまでそう時間はかからなかった。ひとえに彼の人柄によるものだ。

　早くに両親を亡くし、天涯孤独であったにもかかわらず、サーシャには人の痛みに寄り添うことのできるやさしさと強さがあった。銀の髪に紫の瞳という見目の美しさだけではない、滲《にじ》み出るような気高さがあった。

　いつしかひとりの男として彼を愛するようになり、サーシャもまたアルベルトの気持ちに応えてくれた。毎日が楽しくて、しあわせで、これからもこんな日々が続いていくのだと信じていた。

　それなのに。

「まさか、人狼《じんろう》だったとは……」

狼耳を目にした時のことが蘇る。

衝撃の事実を知って、裏切られたと愕然《がくぜん》とした。自分がどれほど狼を憎んでいるかを知りながら、それを隠していたなんてと。

それでも、頭が冷えてくるに従ってその考えは間違っていると気がついた。

サーシャは秘密にしていたのではない。言い出せなかったのだ。

それどころかじっと耐え、自分を責めることもしなかった。アルベルトが出した狼殲滅令のせいで人狼である彼の父親が殺されたことを、サーシャはただの一度も詰《なじ》らなかった。

自分の愛する弟を奪った狼の血を引くサーシャ。

彼の愛する父を奪った人の子であるアルベルト。

たとえ間接的とはいえ、自分たちは互いが互いの大切なものを奪った同士だ。それでも、憎むべき相手だとわかってもなお、愛《いと》しく思う気持ちは止められなかった。

だがそのせいで、サーシャには辛い思いをさせてしまった。

罪の意識に駆られた彼が「人狼が国王の傍《そば》にいてはいけない」と城を抜け出し、酷《ひど》い目に遭っていると聞いた時、生きた心地がしなかった。サーシャのいない人生などあり得ない。人狼であっても、たとえ狼の姿のままだとしても、傍にいてほしいと強く願った。

「あんなにも強く誰かを愛することがあるとは……」

「何度縁談をお勧めしても断り続けてこられた陛下が」

フランシスも隣で長いため息をつく。諸外国と縁戚関係を築かんと彼が差し出してきた見合い話はゆうに二十は下らないだろう。

「しかたがない。不幸な結婚というものを父上と母上で散々見てきた」

「ですから我々も驚いたのです。天と地ほども身分の違う、種族も違う、ましてや同性の年の離れた青年を伴侶としてお迎えになるなど」

「その上、相手は憎き敵だ。サーシャに出会う前の自分が聞いたら気が触れたと思うだろうな」

アルベルトは小さく苦笑した後で、真顔に戻り、「だが」と続けた。

「今ならわかる。すべては運命だったんだと」

彼との出会いも、恋に落ちたことも、苦しみや葛藤も、それを乗り越えることさえも。

それでも、結婚までの道のりは決して平坦ではなかった。

片や禁忌の生きもの、此方《こなた》殲滅を命じた王だ。好奇の目を向けるものもいたし、王が獣に誑《たぶら》かされたとまことしやかに囁《ささや》くものもいた。頑として結婚に反対する両親を説得するために毎日毎晩離宮に通い、また民の理解を得るためにアルベルトはこれまで以上に国に尽くした。

サーシャも同じく民のために慈善活動に身を捧げた。

人狼というだけで侮蔑の視線に晒《さら》され、石を投げられるとわかっていても、サーシャは臆することなく老いたものを訪ね、病人を慰め、貧しい人を励まし、歌を捧げ続けた。そんな姿はやがて人々の胸を打ち、あれほど頑《かたく》なであった王妃の心さえやさしく溶かしたのだった。

結婚式の日、漆黒の夜空に銀のオーロラがきらきらと輝いたことを自分は生涯忘れないだろう。人々はそれを銀の髪を持つサーシャに重ね、彼を『イシュテヴァルダの銀の祝福』と讃《たた》えた。

今や、自分たちは『種族の分断を乗り越えた象徴』と呼ばれている。かつて分断を招く判断をしてしまった自分だからこそ、これからはこの名を穢《けが》すことのないよう努めていかなければならない。

強い気持ちで絵を見上げる。

そんな自分に、フランシスが隣でしみじみと頷《うなず》いた。

「陛下も、王妃陛下も、ほんとうにご立派になられました。おかげで私もだいぶ小言を言わずに済むようになりましたし」

「ははは。俺もようやく及第点をもらえそうか」

「さぁ、それはどうでしょう。……及第点といえば、王妃陛下の学習意欲には畏れ入るばかりです。私がお教えしていた古文書などあっという間に読破され、その知識を活《い》かして周辺諸国の歴史書や、さらには薬学書にも手を伸ばされておいでです」

「ほう。薬学書か」

意外な言葉に興味を引かれた。

「今朝お目にかかった際にお持ちになっておいででした。病気で苦しむものたちを慰問するうちに、その痛みを少しでも和らげることができないかとお考えになったそうで」

「なるほどな。サーシャらしい」

王妃となってからもコツコツ学び続けている伴侶は、毎晩のように「今日はこんなことを教わったんです」「今日はこんな本を読んだんですよ」と目を輝かせながら話してくれる。それに耳を傾けるのが自分にとっての至福の時間だ。

「それなら、俺からギルレリウスに言っておこう。薬草に詳しいものを知っているはずだ」

「陛下は王妃陛下のこととなると実にテキパキとなさるのですから……司祭様も驚かれますよ」

「伴侶をサポートするのも夫の大切な務めだからな」

「まったく。そういうことにしておきますが」

フランシスがやれやれと嘆息する。

その時、執務室に控えめなノックが響いた。

侍従がドアを開けると、今しがたまで噂をしていた愛しい伴侶が姿を見せる。

「サーシャ」

名を呼ぶと、サーシャはこちらを見てパッと顔を輝かせた。

雪のような白い肌に、春を告げる菫《すみれ》色のつぶらな瞳。髪と同じく銀色の長い睫毛《まつげ》が頬《ほお》にやわらかな影を落とし、内側から滲み出るような美しさをいっそう匂い立つものにしている。

出会った頃は十六歳の華奢《きゃしゃ》な青年だった彼も、今や二十一歳のたおやかな大人になった。金刺繍の施された白い長衣が細身の彼によく似合う。

そんなサーシャが微笑みながら駆け寄ってきた。

仕事に忙殺されるあまり昼食を忘れる自分を心配し、こうして誘いにきてくれるようになったのだ。面倒をかけている思いはあるが、疲れた時に彼の笑顔を見るとほっとする。

「ちょうど今、おまえの話をしていたところだ」

「ぼくの、ですか……？」

サーシャは驚いた様子でアルベルトとフランシスを交互に見上げる。そうして、なんとも言えない顔をしている側近に何事かを察したらしく、くすくすと肩を揺らした。

「あんまりフランシスさんに無茶を言わないであげてくださいね」

「なにを言う。無茶ばかり言うのはフランシスの方だぞ」

側近がすかさずそっぽを向く。我関せずとばかりに書類を整理しはじめたのを見て、アルベルトも仕事に一区切りつけることにした。

「いい頃合いだ、昼食にするか。……フランシス」

「畏《かしこ》まりました。こちらは片づけておきますので」

「任せる」

フランシスを目で労《ねぎら》うと、アルベルトはサーシャを促して部屋を出た。

執務室から王族専用の小食堂までは長い廊下がある。外国から来賓を招いた時などは大食堂を使うこともあるが、家族の食事は小さな部屋で摂《と》ることが多い。その方がサーシャの表情がわかる距離で向かい合えるからだ。

小さな歩幅に合わせてゆっくり歩きながら、アルベルトは傍《かたわ》らで揺れる銀の髪を見下ろした。

「フランシスから聞いたぞ。薬学書を読みはじめたそうだな」

「はい、そうなんです。少しでもお役に立てればと……」

サーシャがはにかみながら微笑む。自分にできることが増えるのがうれしいのだろう。

城に来たばかりの頃、サーシャは一般教養どころか読み書きもできなかった。それを一から教えたのはフランシスと侍従のテオドルだ。ふたりは忙しい仕事の合間を縫って、フランシスは礼儀作法や古語を、テオドルは読み書きや歴史をサーシャに教えた。

彼はとても優秀な生徒だったそうだ。ぐんぐん知識を吸収し、あっという間に一人前のお墨付きを得たサーシャを見込んで、アルベルトは司祭の手伝いをさせることにした。文書を清書する手伝いがいればと言っているのを前から聞いていたからだ。

司祭のギルレリウスは白髪白髭《しらひげ》の老人で、アルベルトの子供時代の教育係でもある。

厳しくもやさしい彼なら仕事以上に良い影響を与えてくれるだろうと見込んで伴侶を預け、そこでサーシャは無償の愛に出合った。家族の絆《きずな》や性愛とはまた違う、隣人に向ける無限の愛だ。聖歌隊の歌に感激した彼は自らもその一員として神に歌を捧げ、貧しい人々や病人を慰問して孤独や苦しみに寄り添うことを自らの使命として積極的に活動を続けている。

「おまえのやさしさは尽きることがない。俺にはそれが誇らしい」

「もったいないお言葉です。それに、これはぼくにとって恩返しですから」

サーシャはそう言ってふわりと微笑む。

人狼である自分を受け入れ、国王との結婚を祝福してくれたイシュテヴァルダに尽くすことこそ、なによりのよろこびなのだと彼は口癖のように語ってきた。そしてそれを体現し続けている。

「それが俺にはうれしいのだ」

そっと肩を引き寄せ、やわらかな銀の髪に頬擦りすると、サーシャは菫色の目をそっと細めた。

「ぼくもそう言っていただけてうれしいです。少しずつですが、活動の範囲も広げているんですよ。今度、レマーノ湖の方にも行くんです」

「ほう。国境までか」

レマーノ湖は、東の隣国ガムラスタとの国境上にある大きな湖だ。整備された道を行こうとすると大きく迂回《うかい》する必要があるため、馬車でも中一日はかかる距離にある。

「ずいぶん遠出をするのだな」

「ぼくは、この国のことをまだ少ししか知りません。だから、もっと見聞を広めたいんです」

「それは良い心がけだ。レマーノ湖の近くには俺の従兄弟《いとこ》が住んでいる。たびたび訪ねているから、今度おまえにも紹介しよう」

「従兄弟の方、ですか？」

「エドガーといってな、辺境伯として国防のため軍を指揮してもらっている。だが任務とは裏腹に、本人はいたって温和で慎み深く、争いを好まない男だ。おまえともきっと気が合うだろう」

「エドガー様……。アルベルト様は、その方ととても親しくされているんですね」

「あぁ。俺より十歳も若いがしっかりした青年だ。彼が、この国の王位継承権第一位を有している」

イシュテヴァルダの王位は直系男子が継ぐ決まりだ。

同性婚である自分たちには子供が望めないこともあり、アルベルトと最も血縁関係の近い従兄弟のエドガーに継承権が与えられている。このことは、自分たちが結婚する際に一族で話し合って決めたことだ。

「いずれはエドガーにこの国の将来を託すことになる。それにあたって、おまえに協力を頼むこともあるだろう」

「ぼくにできることならいくらでも。いい状態でバトンを渡さなくちゃいけませんね」

ポンポンと軽く背中を叩《たた》くと、サーシャは意気込んでこちらを見上げた。

「そうだな。その意気だ」

「やることがたくさんでうれしいです」

「おまえまでフランシスのようなことを言う」

きっと今頃、彼は執務室を片づけながらくしゃみでもしているに違いない。

そう言うと、サーシャは「もう。アルベルト様ったら」とくすくす笑った。

食堂に到着し、六人掛けのテーブルにふたりで向かい合う。

すぐに料理長のイリスがトレードマークの大きなお腹《なか》を揺らしながらやってきた。

「本日はサーモンのムニエル・レモンバターソースと、根菜のスープをご用意いたしました。王妃陛下のお好きな白パンも焼いてございますよ。デザートには、新鮮なラズベリーやクランベリーをたっぷり使ったベリーパイを」

「わぁ…！」

サーシャが控えめな歓声を上げる。ベリーパイは彼の大好物なのだ。

「どうぞたくさん召し上がってくださいませ。足りなければすぐに追加を」

「そんなに食べたら腹がはち切れる」

「ほっほっほっ。陛下は素晴らしい体型を維持しておられますからな。私とは大違い」

イリスは陽気に笑いながら自慢のお腹をひと撫《な》でると、「では」と一礼して下がっていった。

並べられた食事を前に祈りを捧げ、カトラリーを取り上げる。

スープを一口飲むなり、サーシャがパッと顔を上げた。

「うまいか」

「はい。とってもおいしいです。お野菜の甘みがスープに溶け出していて……。アルベルト様も早く召し上がってみてください」

じっと見つめられ、くすぐったさをこらえながら一口スープを飲む。「うまいな」と頷くと、サーシャは自分が作ったかのようにうれしそうに微笑んだ。

「アルベルト様のお好みでしょう？　ほっとする、やさしいお味でぼくも好きです」

「ほう。おまえもか。そう思うといっそううまく感じる」

「ふふふ。ほんとうですね」

　顔を見合わせ、お互いもう一口ずつスープを味わう。

　それからサーシャは大好きな白パンに、アルベルトはメインにそれぞれ手を伸ばした。

「先ほどはぼくのお話をしましたが、アルベルト様は朝にどんなお仕事をなさったんですか？」

「俺か？　そうだな、なにから話そうか……」

　そう言った途端、サーシャが目を丸くする。

「そんなにたくさん……？」

「あぁ。たくさんだ」

　素直な反応に小さく噴き出しながら、アルベルトはワインの入った高杯を持ち上げた。

「知ってのとおり、国のあちこちで大規模な灌漑工事を行わせている。あらゆる場所に水を行き渡らせるとともに、大雨や氾濫などの水害から人や農地を守るためにな。そのための計画書を確認して、最終段階の承認を出したところだ」

　これによって新たな雇用が生まれ、貧しいものたちは食うや食わずの生活を脱しつつあるそうだ。技術を身につけた人間が増えることで国としても生活水準が上がり、その結果、皆が安全に暮らせるようになる。

「それから、日曜学校への寄付も」

「ありがとうございます！」

サーシャが目を輝かせる。

数年前、アルベルトは教会付属の日曜学校を作った。誰でも自由に学べる場所をと思ってのことだ。慈善活動の一環としてサーシャはそこで子供たちに読み書きや歌を教えている。彼の教え子の中にはアルベルトが作った職業訓練校に入るものもいた。

「おまえは子供たちの面倒をよく見ているそうだな。ギルレリウスを通して教会のものから聞いた。俺の方こそ礼を言う」

「いいえ。機会を与えていただけてぼくの方が感謝しています。子供たちはとってもかわいくて……毎日でも一緒にいたいくらいです」

「そうか。おまえは人に教えるのが向いているのかもしれないな」

サーシャは話し方もおだやかだし、必ず相手のいいところを見つけて褒める。そんな姿勢が、これまで学校に通ったことのない子供たちを安心させ、引きつけているのだろう。

「それから、農作物の生育状況についても報告を受けた。さすがはアドレア直伝の改革だけあって、大きな成果が期待できそうだ」

「アドレア国王の勧めで、職人の方々をお呼びしたことがありましたね」

「おかげでこれからは、この寒冷地でもより多くの作物が採れるようになる。特に寒さに強い芋類は実のつきも良いそうだ。収穫祭が楽しみだな」

アドレアはサーベルタイガーの獣人王が治める国で、三国同盟のリーダー的存在だ。あちらの王と王妃も自分たちと同じく異種同性婚で年齢も近いため、同志のような思いもある。

「ちょうど一週間前、王妃のアンリ様にお手紙を差し上げたところでした。お返事をいただいたら、あらためて農業改革のお力添えにお礼を申し上げておきますね」

「ずいぶん親しくしているな。戴冠式でお会いして以来か」

「はい。とても良くしてくださって……他国の王妃様に対してこう言っては失礼かもしれませんが、大切なお友達のように思っています」

サーシャがにっこり笑う。王妃という特別な立場だからこそ、そのよろこびや大変さを共有できる相手がいるのはとても心強いのだろう。

「アドレアと近しい関係を築くことができて良かった。小麦や茶葉を輸入する代わりに、こちらからは水産物や木材を輸出する。このサーモンだってそうだ」

「ジークフリート様やアンリ様も召し上がっているでしょうか」

「あぁ。きっとな」

顔を見合わせ微笑み合うと、アルベルトは旨味《うまみ》たっぷりの肉厚なサーモンを噛み締めた。

同盟の締結をはじめ、ここ数年でイシュテヴァルダは大きく変わった。

他国との貿易が拡大したことによって食糧供給が安定し、飢えて死ぬものが格段に減った。反対に、国土の三分の二を占める針葉樹の森から採れる木材をはじめ、海産物や羊毛産業を後押ししたことで輸出が飛躍的に拡大し、外貨獲得につながっている。

　三国同盟のもうひとつの相手国であるローゼンリヒトや、そのさらに向こうの龍人国ゲルヘムとも徐々に貿易がはじまった。

　特にゲルヘムからは、見たこともないような絨毯《じゅうたん》やランプ、それに複雑な香りのするスパイスなど珍しいものが入ってくる。エキゾチックな香辛料は周辺諸国にもちょっとしたブームを巻き起こしているほどだとか。料理長のイリスもたちまち虜《とりこ》になっていた。

　今でこそ自由貿易を行っているゲルヘムだが、先代の王が恐怖政治を敷いていた頃は一切の国交を持たずに孤立していた。当時はアドレアが監視を目的としてアドレア軍を駐留させていたものだが、新しく誠実な王を擁立した今はその役目を補佐に変え、ゲルヘムが平和な国に生まれ変わる手伝いをしている。

「王妃になってから、いろいろな国を訪問させていただきました。アドレアに、ローゼンリヒトに、それからゲルヘムにも……。こんな未来が待っているなんて思いもしませんでした」

「特にここ数年で情勢も大きく変わったからな。これからますます訪問の機会も増えるだろう」

「それなら、お隣のガムラスタにも行けるでしょうか。アルベルト様のお母様の、ヴィクトリア様がお生まれになった国でしたよね。いつか行ってみたいです」

　無邪気に笑うサーシャに、アルベルトは一瞬言葉に詰まった。

「ガムラスタか……。友好的に訪問できるようになるまで、あと何年かかるだろうな」

「え？」

「ガムラスタは、イシュテヴァルダの元敵国だ」

そう言った瞬間、サーシャの顔から笑みが消えた。

いくら今が平和とはいえ、争いの話は心が痛む。たとえ過去のことであったとしても身近な人間が関係するならなおさらだ。

「祖父と父がこの国を治めていた時代、イシュテヴァルダとガムラスタは国境を巡って争ったことがある。戦争にはイシュテヴァルダが勝利し、敗戦国となったガムラスタは王の娘を戦勝国に嫁がせることで降伏を表した。そうして、姫君だった母ヴィクトリアが父ベルトルドの花嫁となった」

けれど、そうまでして和平協定を結んだものの、取り決めを守らないガムラスタによってそれは形骸化しつつある。貿易も制限されており、レマーノ湖の向こうではなにが起きているのかよくわからないという有様だ。

「ガムラスタは近くて遠い。少し前のゲルヘムのようだ」

「また争いになったりしないでしょうか」

サーシャが心配そうに右手を胸に当てる。心細いことがある時の彼の癖だ。

アルベルトは安心させるようにゆっくりと首をふった。

「形ばかりになりつつあるとはいえ、周辺諸国にも認められた和平協定はそれなりに重たい。覆すとなればガムラスタにとっても大事《おおごと》だ。そんなことはするまい」

「そうですよね。少なくとも、イシュテヴァルダは争いを望んでいません。そう遠くないうちにまた良い関係を結べるようになることを祈ります」

「あぁ。俺もだ」

話が一段落した頃、タイミング良くデザートが運ばれてくる。

アルベルトは仕事の話を切り上げ、うれしそうにパイを頬張《ほおば》るサーシャを愛《め》でることにした。

城に上がるまで菓子など食べたことがなかったというサーシャは、とにかく甘いものに目がない。それでも「一度にたくさん食べてはいけない」とフランシスに教わったようで、一日一度、昼食後のデザートをとても楽しみにしているのだ。

一口サイズにパイを切り分け、たっぷり詰められたベリーがこぼれ落ちないように気をつけながらそっと口に運んだサーシャは、たちまち蕩《とろ》けそうな顔で微笑んだ。

「ははは。おまえはほんとうに甘いものが好きだな」

「だって、すごくしあわせな気持ちになります」

あっという間に食べ終わってしまわないように、小さく切り分けながらちょこちょこ口に運ぶのがなんとも微笑ましい。

そんなサーシャを見ているうちに、ふといい考えが頭に浮かんだ。

「そうだ。おまえさえ良ければ、久しぶりに両親を城に招いてお茶会をしないか」

「お茶会、ですか?」

「母上がおまえと話したがっていてな。それに、お茶会なら大手をふって菓子が食べられるぞ」

片目を瞑《つむ》ってみせると、サーシャは「もう」と眉尻を下げながら笑う。

結婚したいと言った時はあれだけ反対した母も、今ではすっかりサーシャの味方だ。ひととなりや国のために尽くす姿を見てサーシャを認めてくれたのだろう。

サーシャの方も実の両親のようにふたりを大事にしてくれている。そんなこともあって、お互いの負担にならない範囲で定期的に顔を合わせる機会を作り、良い時間を共有できればと思っていた。

「それならせっかくですし、ベルトルド様とヴィクトリア様のお好きなお茶や、お茶菓子を用意してお招きしてはどうでしょう？」

「父上と母上の？」

「はい。ヴィクトリア様は紅茶に薔薇《ばら》のジャムを入れて召し上がるのがお好きです。特別なジャムをローゼンリヒトから取り寄せていらっしゃると聞きました。ベルトルド様はこの国の伝統菓子である堅焼きのクッキーを紅茶に浸して召し上がるのがお好みだそうです」

「ほう」

思わず目が丸くなる。

「これは驚いた。いつの間にそんなに詳しくなったんだ」

「たまにお話をさせていただく時に少しずつ……。おやつの話は楽しいですから」

「なるほど。おまえらしい」

さり気なく言ってはいるが、義理の両親の好みなんて常に関心を向けていなければわからないことだ。それだけ日頃から心を砕いてくれているのだろう。

「それなら俺は、おまえの好きなものをたくさん用意するとしよう。これなら俺の得意分野だ」

「えっ、ほんとうですか。たくさん？」

きらきらと目を輝かせるサーシャがかわいくて、つい噴き出してしまった。

「これはなんとしても期待に応えねばな」

「ベルトルド様たちにお目にかかるのも久しぶりですし、お話しするのが楽しみです」

サーシャがさっそくあれこれと計画を練りはじめる。

そんな伴侶をしみじみと眺めながら、アルベルトは幸福感に目を細めるのだった。

「それでは陛下ならびに王妃陛下。畏れ入りますが、こちらで少々お待ちください」

深々と一礼した侍従が控えの間を出ていく。

軽く会釈してそれを見送ったサーシャは、落ち着かない気持ちで室内を見回した。

今日は待ちに待ったお茶会の日だ。

この日のためにあちこちからおいしいお茶や珍しいお菓子を取り寄せ、城に義両親を招待するのを楽しみにしていたのだけれど、義母のヴィクトリアが外出するには体調があまり良くないとのことで、急遽《きゅうきょ》こちらから離宮に出向いてきた。

「ヴィクトリア様、大丈夫でしょうか……」

せめて少しだけでもと、手土産代わりに持参したお菓子の箱を見下ろしながらぽつりと呟く。

この冬は特に寒さが厳しかった。毎日あたたかくして過ごしてくれていたと思いたいけれど、それでも年齢を重ねればあちこちが痛んだり、重怠《おもだる》くなったりもするだろう。

自分の母オルガは若くして亡くなってしまったから詳しいことはわからないけれど、それでも城で働く侍女の中には高齢のものもいる。時々小さな咳《せき》をしながら「春になって風邪をぶり返すと長引いていけませんねぇ」と言っていたことを思い出し、ヴィクトリアに思いを馳せた。

隣からアルベルトの腕が伸びてきて、そっと肩を引き寄せてくれる。

「俺たちの来訪は許されたのだから、そこまで悪いわけではないだろう。大事を取って外出を控えただけだ。それに、元気な顔を見せれば母上もよろこぶ。今日は気分転換のお役に立とう」

「そう…、そうですよね。今日は無理せず少しでもお話しができれば」

肩を包む大きな手に自分の手を添え、サーシャはにっこり笑い返した。

そこへ、侍従がやってきて応接間に通される。

久しぶりに対面した義両親は満面の笑みで自分たちを迎えてくれた。

「よく来てくれた、アルベルト。サーシャ。ふたりとも変わりはないか」

「父上もお元気そうでなによりです。母上も、大事ないご様子に安堵《あんど》いたしました」

アルベルトとともに最敬礼を捧げる。

心配していたヴィクトリアの顔色もいつもと変わらないように見えて、サーシャも内心ほっと胸を撫で下ろした。

義父ベルトルドは御年六十五歳とは思えぬ矍鑠《かくしゃく》とした人で、元軍人らしくピンと伸びた背筋からもその一本気な性格が忍ばれる。口数こそ多くないものの愛情深く、数多《あまた》の戦いから国を守ったイシュテヴァルダの英雄でもあった。

対するヴィクトリアは五十の半ばを過ぎてもなお美しく、凛《りん》として聡明《そうめい》な女性だ。元王妃としての貫禄《かんろく》や優雅な物腰はサーシャのお手本とするところでもある。

義両親それぞれとあたたかい抱擁を交わすと、四人は向かい合う形で椅子に腰を下ろした。

「今日はせっかく招待してくれたのに申し訳ないことをしましたね。とても楽しみにしていたのに、少し咳をしただけで医師が『冷たい外気に当たってはいけません』と……。私はそんなことぐらいで倒れないと言っているのに」

眉尻を下げ、困ったように微笑むヴィクトリアはまるで可憐《かれん》な少女のようだ。

つられてサーシャもくすりと笑ってしまった。

「大切なヴィクトリア様に障りがあってはいけませんから。でも、お元気そうで安心しました」

「あなたも。離宮まで来させてしまって、お手数をかけましたね」

「いいえ。アルベルト様と一緒に楽しい外出になりました。お土産もあるんですよ」

そう言って持ってきた小箱を差し出すと、ヴィクトリアは「まぁ」と目を輝かせる。

「それはうれしいこと。ありがとう、サーシャ」

ヴィクトリアは小箱を受け取り、夫に見せて自慢をはじめる。

そんな微笑ましいふたりに、侍女たちもうれしそうにしながらテキパキとお茶の仕度を調えていく。

あっという間にテーブルの上には美しいティーセットが並べられ、離宮でのお茶会がはじまった。

サーシャは勧められるままレモンタルトに手を伸ばす。最近のヴィクトリアのお気に入りだそうで、グレーズの甘みとレモンの酸味の絶妙なバランスにたちまち頬がゆるんだ。

対するヴィクトリアは、サーシャが贈ったアプリコットケーキをとても気に入ってくれたようだ。すぐなくならないように、小さく切り分けながら味わうところがなんだか少し自分に似ている。

アルベルトはお茶で唇を湿らせると、向かいに座る実父を見遣《みや》った。

「父上、最近はどうされていましたか。冬の間は離宮に籠もりがちになっていたのではないですか」

「あぁ、まったく。足腰も弱っていけない」

「この冬は特に寒い日が続きましたからね。ですが、もうすぐ春になりますし、父上も散歩や狩猟にお出かけになってはいかがでしょう。よろしければお伴させていただきます。母上も、芝居見物など気晴らしをなさっては」

話を向けられた途端、ヴィクトリアの顔が一瞬曇る。

「そうね。そうしたい気持ちはあるのだけれど……」

「母上？」

「どうも最近は体調に波があって……昨日は元気だったのに、今日になって急に具合が悪くなったり、かと思うとお昼にはすっかり治ったり。年齢的なものなのでしょうが、困ったものですね」

　いくら一緒にいた時間が短いサーシャでもわかる、それは諦めを押し殺した笑みだ。

　だからいてても立ってもいられなくなって、気づいた時には「それなら」と声が出ていた。

「ご気分の良い時にいつでもぼくをお呼びください。おいしいお菓子を持って、今日のように離宮に参ります。一緒に楽しいお茶会をしましょう」

「まぁ。でも、それではあなたにばかり負担をかけてしまいます」

「いいえ。ぼくもいい気晴らしになりますから。それに、ヴィクトリア様とおやつの話をするのが楽しいんです。一緒にいろんな食べ比べもできますし」

　好きなものの話をすると心がウキウキするし、天気が良ければ庭でお茶会をしてもいい。そのうち外に出ることに慣れて、また昔のように外出することができるようになるかもしれない。

「なるほど。それはいい考えだ。ならばとっておきの菓子を取り寄せよう」

「えっ。ほんとうですか！　とっておきの？」

　アルベルトの申し出に素早く反応してしまった後で、我に返ってももう遅い。

　一瞬の間があった後で、三人に声を立てて笑われてしまった。あまりにいつもどおりの反応をしてしまったことが恥ずかしいけれど、ヴィクトリアも楽しそうにしてくれたから良いことにする。

「ありがとう、サーシャ。よろこんであなたのお言葉に甘えさせてください」

「ぼくの方こそ。これでまた楽しみがひとつ増えましたね」

顔を見合わせ、ヴィクトリアがやわらかに微笑む。

彼女は優雅にティーカップを傾けると、一呼吸置いてアルベルトの方に目を向けた。

「今度はあなた方のことを聞かせてちょうだい。毎日どうしていましたか。ずいぶん忙しくしているのでしょうね」

「ご心配には及びません。ふたりとも恙なく」

「そんなことを言って、朝から晩まで政務室に籠もりっぱなしなのではありませんか。謁見室前には毎日長い列ができると聞きましたよ。あなたの方こそ身体が心配です、アルベルト」

さすが王太后。王妃の座を退き離宮に移ってもなお、長年仕えている侍従や侍女たちが城の様子を詳細に伝えてくれるのだという。これにはアルベルトも苦笑しかないようだ。

「それでも仕事の合間に身体を鍛えておりますし、週に何度かは外出も」

「諸外国訪問や街の視察も大切な仕事ではありますが、自身と向き合う時間も忘れないでくださいね。もちろん、サーシャも」

「いえ、ぼくは、アルベルト様のような政務は特に……」

「その代わり、あなたは慈善活動で忙しくしているでしょう。あちこちを慰問で訪れていると聞いていますよ。貧しいものや子供たち、社会が守るべきものたちに手を差し伸べていると」

「アルベルト様がなさっていることに比べたら、とてもささやかな活動です」

「それで救われるものも大勢いるでしょう。あなたが人々の希望をつないでいるのですよ。かく言う私もそのひとりです」

目を丸くするサーシャに、ヴィクトリアがやさしく頷く。

「ですから、あなたもあなた自身を大切にしてください。あなたに万一のことがあったら、私たちは悲しみで胸が張り裂けてしまうから」

「ヴィクトリア様……」

「私の大事な家族であり、大事なお友達でもあるあなたを、あなた自身も大切にしてくださいね」

心の籠もったやさしい言葉に胸がじわじわと熱くなり、やがて思いがあふれて喉が詰まった。

義両親がアルベルトを心配するのは親心からだとわかる。

けれど、自分とは血のつながりはない。

それどころか、自分はかつて忌避されていた人狼だ。そんな自分を受け入れてくれただけで充分なほどなのに、我が子のように大切にしてくれるなんて。万が一のことがあれば胸が張り裂けるとまで言ってくれるなんて……。

「ぼくにはもったいないほどのお言葉です。ほんとうに、ありがとうございます」

言いたいことはたくさんあるのに、うまく言葉にならないのがもどかしい。背中をさすってくれるアルベルトと目を見交わしていると、そんな自分たちを見てヴィクトリアがやさしく微笑んだ。

「ほんとうに仲が良いこと。あなた方ふたりは人々から『種族の分断を乗り越えた象徴』と呼ばれていると聞きましたよ。国のために尽くす姿から国民は多くを感じ取っているのでしょうね。ふたりのおかげで種族というものに対する見方も大きく変わった。共存することを価値としました。すべてはあなた方の努力の賜《たまもの》です」

「母上」

「人は変わることができるのだと、あらためて感じる出来事でした。そう、たとえ何年かかろうとも……かつての私がそうだったように」

ヴィクトリアはそう言いながらここではない、どこか遠くを見るように目を細める。彼女の目には遠い過去が映っているのだろうか。

「母上。そのお話を伺ってもよろしいですか」

アルベルトが訊《たず》ねると、ヴィクトリアは隣にいる夫に目を向けた。話してもいいかと確認するような眼差しだ。

ベルトルドが頷くのを待って、ヴィクトリアは静かに語りはじめた。

「これは、不幸な結婚を幸福に変えた話です」

ヴィクトリアが輿《こし》入れを命じられたのは三十数年前――。

母国ガムラスタが、隣国のイシュテヴァルダに侵略戦争をしかけて返り討ちにされた時のことだ。

瓦解しかけた国を首の皮一枚でつなぎ止めるため、最後の手段としてヴィクトリアは人質に出された。

当時、ガムラスタ国王だった実の兄から「この国が属国にさせられないよう、イシュテヴァルダで力を持ったやつに取り入れ」「おまえは人質として嫁にやるのだ。自分の役割を果たせ」と言われ、王族に生まれた運命を心底恨んだ。

兄に駒のように扱われる悔しさ、それに抗《あらが》えない無力さ、生まれ育った地を離れる寂しさ、二度と母国には戻れないという辛さに打ちのめされた。自分はただの道具でしかない。自分の気持ちなんて誰も省みてはくれないと思い詰めたヴィクトリアは心を閉ざすしかなかった。

ヴィクトリアのお付きの侍女たちは、イシュテヴァルダとの国境であるレマーノ湖畔の小屋の中で彼女の身柄を引き渡すと、そのまままくるりと踵《きびす》を返して帰っていった。花嫁とは名ばかりの生《い》け贄《にえ》だ。ヴィクトリアはイシュテヴァルダ城に連れていかれ、はじめて対面したベルトルドとその場で婚礼の儀式を挙げた。

勝利に酔うイシュテヴァルダは、ヴィクトリアにとって憎しみの対象でしかなかった。侵略戦争をしかけた母国が悪いとわかっていても、兄への恨みをイシュテヴァルダに転嫁することで自分を保った。今度こそ絶対に屈するまい、敵国になど染まるまいと意地になった。ガムラスタの姫として毅然としていなければと己を奮い立たせた。それがせめてものプライドだった。

それでも、ひとりになると毎日泣いた。人質を慰めてくれるものなどいなかった。

唯一、夫となったベルトルドは自分を気にかけ、やさしく話しかけてくれたが、それも同情され、見下されているからだと思っていた。

「私は、そなたをひとりの女性として愛していたよ。はじめからずっと」

ベルトルドの言葉に、ヴィクトリアはハッとしたように顔を上げる。

そんな妻を労《いたわ》るようにベルトルドはゆっくりと頷いた。

ヴィクトリアが心を閉ざしている間、ベルトルドにも苦悩があった。毎日が針の筵《むしろ》のような思いをしている妻の気持ちもわかるだけに、どう接したらいいか答えを見つけられずにいたのだ。気持ちが和めばと散歩や乗馬に誘ってみても断られるばかりで、夫としての不出来を心苦しく思っていた。

「戦いに明け暮れ、軍人として生きてきた私は人の心の機微に疎い。そのせいでヴィクトリアに辛い思いをさせているのだと」

「いいえ。私が悪いのです。ベルトルド様にはほんとうに申し訳ないことを……」

ヴィクトリアが何度も首をふる。

「あの頃、こうして素直にお話しできていたらどんなに良かったでしょう。私が頑なだったばかりにいらぬ遠回りをしてしまいました」

当時は話をすることは疎《おろ》か、顔を合わせることすら拒み続けた。長い間ふたりに夫婦関係はなく、白い結婚を疑問視する声も上がったほどだ。それは当然、ガムラスタにいる兄のもとにも届くことになる。矢のような叱咤《しった》と跡継ぎを催促する手紙がヴィクトリアの身に降り注いだ。

そんな周囲の圧力と説得に押され、ヴィクトリアは王妃の義務を果たすことを受け入れる。

敵との間に子を成すことに葛藤がなかったわけではない。

それでも、生まれてみれば子供はとてもかわいかった。無条件に自分を信じ、すべてを委ねる我が子を抱いてはじめて、自分に味方ができた気がした。王太子アルベルト、第二王子ユリウスを生んで、彼女は心が満たされるということをはじめて知った。

「あれほどしあわせな時はありませんでした。私は、この子たちのために生きようと決めたのです。それなのに……」

小さく肩をふるわせるヴィクトリアの手を、ベルトルドがそっと握る。

彼女が手に入れた生まれてはじめてのしあわせは、けれど長くは続かなかった。ユリウスがわずか六歳でこの世を去ったのだ。

ヴィクトリアは人生で味わったことのない深い絶望と、血肉を分けた味方がいなくなってしまった喪失感に打ちのめされた。身を引き千切られるような思いに心神が衰弱し、日常生活もままならなくなったほどだ。

夫のベルトルドは息子の死に深く心を痛めながらも、元軍人として毅然と受け止めようと努めた。自身の父も伯父も戦争で亡くしているベルトルドにとって死は身近なものだったからだ。

息子のアルベルトも次期国王として父を見倣い、悲しみながらも精いっぱい前を向こうとした。

そんな夫の姿は、ヴィクトリアには裏切りに映った。アルベルトももう自分の味方ではなくなってしまったと思った。ひとり取り残された彼女の心は壊れてしまい、静養という名目で別居に踏み切ることになる。それ以来、長い間夫婦が顔を合わせることはなかった。

アルベルトがサーシャと結婚したいと言った時、一番に反対したのはヴィクトリアだった。

「王族は子を成すのが仕事」とかつて自分が言われたからだ。外交上なんのメリットもない平民と、それも息子ユリウスの命を奪った憎き狼の血が入った青年と結婚するなど言語道断だと突っぱねた。毎日離宮を訪れ、結婚の許しを請うアルベルトを追い返すたびに胸が痛んだ。

それでも、アルベルトとサーシャが身を粉《こ》にして国に尽くしているという話を伝え聞くにつれて、「自分のしていることは正しいのだろうか」とヴィクトリアは疑問を持つようになった。

そうして、やがて彼女は気づくのだ。種族や子供のことが反対の理由なのではない。ただひとつ、かつて自分に許されなかった『自由』をうらやんでいるだけだということに。

愛し合ったもの同士が生涯を誓う、そんな恋愛結婚を貫こうとする息子たちがうらやましかった。時代も状況もなにもかもが違うとわかっていても、自分はなにひとつ好きにすることができず、敵の直中《ただなか》で人質として生きてきたのに、と……。

「あなた方の結婚は、私にとっても大きな転機となりました。それこそ自分の結婚と同じくらいの」

ヴィクトリアがそっと夫の手を握り返す。

耐えることで埋め尽くされた人生に、大きな疑問が投げかけられた。

自分が許されなかったからという理由で子供たちに同じことを強いるのは、果たして正しいことだろうか。アルベルトは弟を奪った敵であるサーシャを愛した。サーシャもまた、父を奪った敵であるアルベルトを愛した。種族の分断を乗り越え、さらに身分や性別の壁さえ乗り越えて強く結びついた愛と許しを、引き裂いてしまってほんとうにいいのだろうかと。

そんな自問自答を経て、ヴィクトリアは己を省みるようになる。

自分は人質であることを嘆くばかりで、サーシャのように慈善活動をすることも、夫を支えることもしてこなかった。この国に自分を受け入れてほしいと考えたことなど一度もなかった。三十年以上も前に戦争は終わったのに、自分はまるであの時のままだと。

息子たちのことをきっかけに「敵同士で結ばれることの意味」をあらためて考えさせられたヴィクトリアは、これまで夫が自分のためにしてくれた数々のことに思い至った。

彼は自分を人質ではなく、ひとりの人間として扱ってくれた。ひとりの女性として愛してくれた。イシュテヴァルダを苦しめた敵であるにもかかわらず、ガムラスタの戦死者さえ弔ってくれた。

それなのに自分は、頑なにやさしさを拒み、愛を拒み、弔いさえも拒んできたのだ。

「私はなんということをしてきたのだと……長い眠りから覚めたような思いでした」

ヴィクトリアはこれまでの行いを悔い、あらためることを心に誓った。

もう二度と、自分のような思いをするものがいてはいけない。この国に新しい風を吹かせることができるふたりの背中を押すことこそ我が使命と、ヴィクトリアは息子たちの結婚を認めた。

そんなヴィクトリアの背中をさらに押したのがアルベルトだ。

「あなたは私に言ってくれましたね。『敵として出会ったとしても、大切な相手だと認めればそれがすべて』と……。その言葉にどんなに勇気づけられたかわかりません」

ヴィクトリアは息子を見、それから夫に視線を移す。

心の内を打ち明けてこれまでのことを謝罪した妻を、ベルトルドはあたたかく受け入れたそうだ。

こうしてふたりは三十余年の時を経てようやく和解し、幸福な一対となることができた――。

「長い昔話をしてしまいましたね。ですが、知ってもらえて良かった。あなた方のおかげでようやく家族になることができた私たちのことを」

ヴィクトリアが感慨深げに目を伏せる。

はじめて語られる義母の怒濤《どとう》の半生に、なにより敵国に嫁ぐということの当事者が負う苦しみに、サーシャは圧倒されるばかりだった。そんなことがあってなお己を省み、過ちを認めることができるなんて彼女はなんと強く立派な人だろう。

じっと見つめていると、視線に気づいたヴィクトリアが顔を上げて微笑んだ。

「あなたが来てくれたおかげね、サーシャ。あなたとアルベルトが私たち夫婦の良いお手本です」

「そ、そんな。とんでもないことです」

驚きのあまりぶんぶんと首をふる。

「ぼくの方が、ベルトルド様とヴィクトリア様を見倣わなくてはと思うことばかりです」

「ふふふ。頑固なところなんて真似《まね》てもいいことはありませんよ」

「いいえ。おふたりはとても誠実な方です。強くて寛容で、やさしくて……ぼくの憧れそのものです」

サーシャは一度言葉を切ると、思いきって「それに」と続けた。

「出会った時は敵同士だったというのが、自分自身にも、そして両親にも重なるところがあります。だから余計に親近感を覚えてしまって」

「あなたのご両親も……？　良かったら、話して聞かせてくれませんか」

窺《うかが》うようにアルベルトを見上げる。

力強く頷いてくれるのに背中を押され、サーシャは思いきって話しはじめた。

「ぼくの父は人狼、母は人間でした。人目を忍び、隠れて生きなければならない狼は、本来であれば群れの中から伴侶を迎えます。人間を選んだ父は、仲間から相当な反対に遭ったと聞きました」

アルベルトが自分と結婚するために連日連夜両親や周囲を説得したように、サーシャの父レオンも恋人との異種族婚を成し遂げるため必死に許しを乞うた。

最初のうちは誰ひとり耳を貸そうとするものはおらず、自分たちの居所を突き止めるための人間の罠《わな》だと警戒されたり、群れの裏切者だとレオンを詰《なじ》るものさえいた。

それでも、レオンは諦めなかった。どんな条件も呑《の》むと必死に説得した結果、群れの長《おさ》から許しが出され、妻となる人間が社会とのつながりを断つことを条件に特別に結婚が認められた。

そうして嫁いできたのが母オルガだ。

彼女は家を捨て、家族を捨てて、身ひとつでレオンのもとに来た。敵に嫁ぐということはすべてを捨てることを意味する。仲間として認めてもらえない辛さを乗り越え、その人柄と働きぶりで周囲の信頼を得るようになるまで何年もかかったと言っていたっけ。

それでも母は、後悔したことは一度もなかったと死の床ですら微笑んでいた。

愛を取るためにする努力ほど尊いものはなく、愛のために捨てるものほど惜しくないものはないと。

「アルベルト様との結婚を許していただけたからこそ、今のぼくには母の気持ちがよくわかります。そしてきっと、ベルトルド様とヴィクトリア様のお気持ちも」

「そう……そうだったのですね……」

息を呑み、じっと耳を傾けていたヴィクトリアは、緊張を解くように大きく深呼吸をした。

「私たちやあなた方だけでなく、あなたのご両親までもが敵同士で結ばれていたなんて」

「ほんとうに不思議なご縁だと思います。アルベルト様と出会えたおかげです」

「おまえに会わなければ、父上と母上は今も遠回りしたままだったかもしれない」

「ええ。ほんとうに」

アルベルトの言葉に義両親は顔を見合わせ、くすぐったそうにくすりと笑う。

「あなたのご両親には残念ながらもうお目にかかることはできないけれど、お話を聞いているうちに古い友人のように思えてきました。不思議ね。話してくれてありがとう、サーシャ」

「もったいないお言葉です。きっと、両親も天国でよろこんでいると思います」

そしてとても驚いていると思う。自分たちの時代には起こり得なかった奇跡だと。

あらためて今の自分を取り巻く環境に思いを馳せ、サーシャはしあわせを噛み締めた。

「ベルトルド様とヴィクトリア様がぼくたちに次の時代を託してくださったからこそ、今があります。

ぼくはアルベルト様をお支えしながら、この国をしっかり守り継いでいくとお約束します」

「よく言ってくれた。サーシャ、これからもともに力を合わせて頑張ろう」

「はい。アルベルト様」

誓い合う自分たちにベルトルドがしみじみと頷く。

「心強いことだ。結婚を反対で押し切らなくてほんとうに良かった」

「ベルトルド様のおっしゃるとおり」

ヴィクトリアも照れ笑いに眉尻を下げると、しあわせそうに嘆息した。

「こんな日が来るなんて……アルベルトが生まれた頃の私に伝えたらどんなによろこぶでしょう」

そう言って懐かしそうに目を細める。

「アルベルトは曲がったことが大嫌いな、正義感の強い男の子でした。私が泣いているとすぐに気づいてやってきて……『ぼくがお母さまをお守りします』と言ってくれたこともありましたね。とてもうれしかった」

「そうでしたか」

「そうでしたよ、小さい騎士さん。オバケが怖くて一緒に寝たいと駄々《だだ》を捏《こ》ねたことも」

「母上」

顔を顰めるアルベルトに、ヴィクトリアは朗らかに笑った。

「かわいかったのですよ、あなたはとても。こんなに大きくなるなんて思いもしなかったけれど」

「これぐらいがちょうどいいのです。王として。男としても」

照れくさいのか、居心地悪そうにするアルベルトがなんだか新鮮だ。かわいいと言ったら怒られてしまうかもしれないけれど。

「ぼくも、赤ちゃんの頃のアルベルト様が見てみたかったです」

「なんだ。おまえまで」

「だって、すごくかわいかったでしょうから。ふふふ。お世話してみたかったな」

「いくらおまえの頼みでも、それだけは勘弁してくれ」

アルベルトが眉間に皺《しわ》を寄せる。

それに悪いとは思いながらも、サーシャはヴィクトリアと顔を見合わせて笑ってしまった。

「こればかりは親の特権ね。でも、あなた方はこれからの人生を分かち合えるのですから」

ヴィクトリアはそう言いながら子供を抱くような仕草をする。

「長く生きていればいくらでも機会は訪れます。赤児《あかご》というのはいいものですよ。新しい命、新しい希望。小さな身体を抱いているだけで、心がしあわせで満たされていくのがわかるのです」

敵国で針の筵のような暮らしをしていたヴィクトリアに生きる意味を与えたのが子供たちだった。

彼女にとっては今もアルベルトが希望そのものであるだろう。

――それなら、そのアルベルト様のお子様も……？

「……！」

気づいた瞬間、ハッとなった。

——そうだ。どうして考え至らなかったんだろう。

アルベルトと結ばれたい、ともに人生を歩んでゆきたい。そのことばかりに気を取られて、周囲が当然望むだろうことをすっかり蚊帳《かや》の外に置き去りにしていた。王位を継いでくれる人がいるならとすっかり安心していたのだ。

——ぼくは、おふたりに孫を抱かせてあげることができない……。

当たり前の現実に愕然とする。そんな重要なことを意識したことがなかった己にも呆然《ぼうぜん》となった。

「……サーシャ？」

急に押し黙ったせいで、ヴィクトリアが不思議そうに声をかけてくる。

こんな時、うまく誤魔化《ごまか》すことができたら良かったのに。そんな気遣いもできないまま真正面から目を合わせてしまった。

「そんなに驚いた顔をしてどうしたのです。顔色も良くないように見えますよ」

「あ、あの……、ぼく……すみません……」

他に選べる言葉がなく、ただ深々と頭を下げる。

それですべてを察したのだろう。ヴィクトリアたちが揃《そろ》って息を呑む音が聞こえた。

「そんなことをしないでください。私の言葉に配慮が足りませんでした」

「ヴィクトリア様」

慌てて顔を上げると、ヴィクトリアはまっすぐこちらを見つめたまま大きく首を横にふった。

「決してあなたを責めるつもりではなかったのですよ」

「すべて承知の上で結婚を許した。そなたが責められるべき謂《いわ》れはない」

義両親の言葉に重ねるように、アルベルトも横から加わる。

「おまえが生涯の伴侶に俺を選んでくれたことを、俺は誇りに思っている。おまえが謝る必要なんてどこにもないんだ」

「アルベルト様……」

「それに、次の王位継承者はエドガーと決まっている。俺が死んだ後もこの国はずっと続いていく。だから心配することはなにもないんだ」

安心させるようにポンポンとやさしく背中を叩かれ、揺らいだ気持ちは落ち着いていく。

それでも、義両親に、なにより愛しいアルベルトに、新しい希望をもたらすことができない事実が心残りとなって胸に残った。

馬車での帰り道。

来る時のような気持ちにはなれず、ぼんやり窓の外を眺めていたサーシャは、そっと手を取られて我に返った。

いつからそうしていたのだろう、アルベルトがじっとこちらを見つめている。その眼差しには深い森を思わせる静かな覚悟と、冬の夜空を焦がすオーロラのような情熱が宿っていた。

「ふたりで、生きていこう」

たとえ短くとも、そこにどれだけの意味がこめられているかわからないわけがない。

「……すみません……」

「違う、サーシャ。俺がそうしたいんだ。これは俺の我儘《わがまま》だ」

「アルベルト様……」

呆然と彼を見上げる。

サーシャが自分を責めずに済むように、自らの我儘だと彼は断じた。その我儘を叶《かな》えるためにこれからも一緒にいてほしいのだと。

すべてを包みこむようにやさしく微笑まれて、胸がきゅうっと苦しくなる。

手を引かれ、痛みさえ引き受けるというようにくちづけられて、ますます胸が高鳴った。

――こんなにも、愛してくださっている……。

惜しげもなく愛を注がれ、求められて、それでもなお応えずにいるなんてできない。だって自分も彼が好きだから。アルベルト様を愛しているから。

様子を窺うようにしてそっと肩を抱き寄せられる。思いに任せるまま瞼を閉じた瞬間――車輪が石でも踏んだのか、馬車が大きくガタンと揺れた。

「わっ」

「おっと」

衝撃で、アルベルトの唇がサーシャの鼻先にちょんと触れる。

まるで悪戯《いたずら》のようなかわいいキスだ。思いがけないハプニングにふたりできょとんとした後、おかしくなって顔を見合わせて笑ってしまった。

「そうだ。その笑顔だ。俺は、おまえが笑っているのが一番好きだ」

「ぼくも。アルベルト様が笑ってらっしゃるのが一番好きです」

「気が合うな。こんなに俺にぴったりな相手はおまえしかいない。この世界で、ただひとりだ」

飾り気のない、まっすぐ心に届く言葉。

あぁ、この方の愛はどうしてこんなにもあたたかいのだろう。

涙がこぼれそうになったけれど、笑っているのが一番好きだと言ってもらったからと、サーシャは心をこめて微笑んだ。

「大好きです。アルベルト様」

「俺も、愛している。サーシャ」

*

それから数日後、サーシャは町の孤児院を訪れた。

十歳で天涯孤独となった自分には、身寄りのない子供たちのことを他人事《ひとごと》とは思えない。両親との思い出が今の自分を支えてくれているように、彼らにも楽しい思い出をたくさん作って生きていってほしいと願い、時間を見つけてはあちこちの施設を訪れるようにしている。

孤児院にいる子供たちは年齢も生い立ちもバラバラだ。

親に捨てられた子、親を亡くした子。親戚中をたらい回しにされた挙げ句、裸同然で放り出された子供もいる。食事が充分与えられなかったせいで身体が弱かったり、言葉が遅かったり、人と接することを極端に怖がる子供もいた。

はじめのうちはサーシャが訪ねていっても修道女の後ろに隠れて出てこない子もいたし、反対に、サーシャに暴力をふるったり、心ない言葉を投げかける子供もいた。それでも、サーシャは孤児院に足を運ぶことをやめようとは思わなかった。

彼らには、そうするだけのことがあったのだ。

愛情が枯渇した心は乾いた大地と同じこと。少しばかりの雨が降っても地面がそれを蓄えることはできないように、子供の中にやさしい気持ちを育むためには多くの時間と根気が必要になる。誰かがくり返し栄養という名の愛情を注いでやらなければ、やさしさの芽は出ないし、花も咲かない。

誰に教えてもらったものでもない。自分がそうされてきたことを子供たちにも伝えたかったのだ。子供たちとの触れ合いを通して、今は亡き父や母への愛情を再確認することさえあった。

「あ、サーシャさま！」

修道女と連れ立って歩いていたところであかるい声に呼び止められる。

ふり返ると、自分を見つけた子供たちが遊戯室から飛び出してきたところだった。

「サーシャさまだ！　こんにちは、サーシャさま」

「こんにちは。みんな、元気にしていましたか？」

「はい！　とっても！」

「ふふふ。良かった。みんなに会えるのを楽しみにしていたんですよ」

「ぼくもぼくも」

「サーシャさま、わたしも！」

あっという間に取り囲まれる。

自分がこの国の王妃であることは伝えてあるけれど、子供たちはそんなことなんてお構いなしだ。

でも、それがうれしい。「はやくはやく！」と手を摑《つか》まれ、自分を遊戯室に引っ張っていく子供らの頭を見下ろしながら、サーシャはそっと頬をゆるめた。

身寄りのない彼らのもとを訪れるものは滅多にいない。

だからその分、今だけは寂しさを忘れて楽しんでほしい。

ここまで案内してくれた顔見知りの修道女とも笑顔で目を見交わすと、サーシャは遊戯室の小さな椅子に腰かけた。

「さぁ、今日はなにをして遊びましょう」

「えほん！」

「だっこ！」

「おままごとがいい」

「おはなしして、サーシャさま」

「おうた。おうたうたって！」

子供たちがいっせいに主張をはじめ、遊戯室はたちまちにぎやかになる。

興奮してぴょんぴょん飛び跳ねたり、抱きついてきたり。破けた絵本を差し出したり、ボロボロの人形を持ってきて見せてくれることもあった。発話ができない子も意思を伝えるようにそっと身体を擦り寄せてくる。

そんな子供たちの顔を見回しながら、サーシャはにっこりと笑みを浮かべた。

「それじゃ、ひとつずつ順番に。その代わり全部しましょう。ね、楽しそうでしょう？」

「ぜんぶ？」

「そう、全部。みんなで一緒にやりましょう」

たちまち「わぁっ」と歓声が上がる。

少し離れたところにぽつんと立っている五歳ぐらいの女の子がいることに気がついて、サーシャは声をかけた。

「こちらに来てください。みんなで遊びましょう」

けれど女の子は動かない。怯《おび》えたようにじっとこちらを見上げるばかりだ。

やり取りを見ていた修道女がそっと耳打ちしてくれた。

「先週院に来た子です。酷い環境で育ったせいか、人と接することを極端に怖がるのです」

見れば、細い腕や足にはいくつもの痣《あざ》がある。

――この子も、また……。

この国には、まだまだ守らなければならないものがたくさんある。

サーシャは苦いものをグッと飲みこむと、女の子のところまで歩いていって、目の高さを合わせるためにすぐ前にしゃがみこんだ。

「かわいいお手々ですね」

小さな爪を褒めた途端、女の子はハッとしたように両手を後ろに隠す。

「あなたのお目々もとてもきれいです。ぼくはあなたが大好きですよ」

女の子はびっくりしたように目を見開き、ぱち、ぱち、と音が聞こえそうな瞬《まばた》きをした。

「はじめまして。ぼくはサーシャといいます。かわいいあなたとお友達になりたいんです。お名前を教えてくれませんか？」

女の子は戸惑ったように目を泳がせ、ふるふると首を横にふる。はじめての彼女の意思表示だ。

それをうれしく思うとともに、その心細そうな表情から名を明かすのが怖いのだとわかった。

「お約束をしましょう。あなたのお名前を呼ぶ時は、ぼくは絶対に怒りません。あなたを叩いたり、蹴ったりもしません。だってぼくは、あなたとお友達になりたいんですから」

女の子はなにかを躊躇《ためら》うようにスカートをぎゅっと両手で握る。彼女の中で葛藤があるのだろう。辛抱強く待っていると、女の子はおずおずと顔を上げた。

「マ…、マチ、ルダ」

「マチルダ。なんて素敵なお名前なんでしょう。教えてくれてありがとう。もう一回、呼んでみてもいいですか？」

マチルダがこくんと頷く。

「マチルダ」

もう一度頷き返してくれた彼女に、サーシャは満面の笑みで手を取った。

「今度はお返事をしてみましょう。ぼくが呼んだら、『はい』って答えるんです。できますか？」

「で、きる……」

「じゃあ、マチルダ」

「……っ、……は、い」

「できた！」

うれしさのあまり大きな声が出たせいか、マチルダが目をまん丸にする。それから彼女はなんとも照れくさそうにもじもじとはにかんで笑った。

「ぼくの名前、覚えていますか？　呼べるかな？」

「サーシャ」

「はい。マチルダのお友達ですよ。これからよろしくね、マチルダ」

「うん！」

胸に飛びこんできたマチルダをぎゅうっと抱き締めると、すぐに「きゃー」というかわいい歓声が上がった。

隣では修道女が驚いた顔でこちらを見ている。院に来てからというもの、隅で蹲《うずくま》っているばかりで笑ったところなど見たことがなかったそうだ。

マチルダが修道女から「サーシャさまとお呼びするんですよ」と教えられている横で、やり取りを見ていた子供たちがいっせいに「ぼくも！」「わたしも！」と抱っこをせがんでくる。そこで今日の遊びはハグからはじまることになった。

外側と内側で向かい合った二重の円を作り、ひとりずつ順番を変えてくるくる回りながらお互いがお互いを抱き締め合う。

「ふふふ。みんなをぎゅっとできてうれしいです。しあわせな気持ちになりますね」

「ふふー」

子供たちもうれしそうだ。マチルダもおっかなびっくり外側の円に加わっては、たくさんのハグに頬を上気させた。

それからは絵本を読んだり、おままごとをしたりと、約束どおり順番に遊んだ。古くからイシュテヴァルダに伝わる物語を話して聞かせたり、絵を描いたり、一緒に歌を歌ったりもした。

子供たちと接するのはとても楽しい。遠い昔、人狼仲間と森の奥で過ごした日々を思い出す。

しばらくして、遊び疲れて眠ってしまった子供たちを数人の修道女と手分けしてベッドに運ぶと、サーシャは勧められるまま院長室の横にある応接室へと移った。

院の庭で栽培しているというハーブを使ったお茶を振る舞われ、感謝して口をつける。

「王妃陛下。本日はほんとうにありがとうございました。マチルダの笑った顔を見て、私は胸が熱くなる思いがいたしました。王妃陛下は真《まこと》に、この国の国母様でいらっしゃいます」

御年八十になろうかという修道院長がそう言って深々と頭を下げる。

アルベルトの父ベルトルドが生まれる前からこの修道院と付属の孤児院で神に祈りを捧げてきた人だ。その眼差しは敬虔《けいけん》さと慈悲深さにあふれている。そんな彼女から国母様と呼ばれるのは光栄なことであるはずなのに、母と名がつくためか、少し複雑な思いが胸を過《よぎ》った。

――いけない。こんなことじゃ。

気持ちを切り替えるため、サーシャは目の前のお茶に話題を移す。

「おいしいハーブティーですね。皆さんが世話を？」

「はい。子供たちもよく手伝ってくれます。年長者の真似して、小さな子たちも」

「それはいいことですね。小さな子に教えることで自らの理解も深まるでしょう」

　年長者の中には、サーシャが日曜学校で教えている生徒もいる。かつてフランシスやテオドルから教わったことを、今度は自分が子供たちに財産として引き継いでいるのだ。

「この頃は、あの子たちが絵本の読み聞かせをしてくれるのですよ。日曜学校でサーシャ様から字の読み方を教わったと言って」

「ほんとうですか」

「この字はこう読むんだよと私たちにも話して聞かせてくれるほどです。これまでただの模様にしか見えなかったものが文字として読めるようになって、うれしくてたまらないのでしょう」

「それは良かった。……恥ずかしながら、ぼくも大きくなってから字を習ったものですから、彼らの気持ちがよくわかります」

　院長が驚いたようにこちらを見る。

「そのことは、子供たちにも？」

「ええ。いつも話していますよ。ぼくは、あなたたちの年の頃には字も読めなかったんですよって。みんな驚きますが、そんなぼくがすらすらと字を読んだり書いたりするのを見て、自分も頑張ろうと思ってくれるようです」

「サーシャ様は努力家でいらっしゃいますね」

「いいえ、とんでもない。根気強く教えてくださったフランシスさんとテオドルさんの方がよっぽど努力家です。何度アルファベットを反対に書いて苦笑させてしまったことか……」

気を抜くとすぐに鏡文字になってしまって、そのたびに「暗号文でも作るつもりか」と笑われた。それが今や、古文書や薬学書まで読めるようになったのだから、ふたりの根気強さといったら大変なものだ。

そう言うと、院長はくすくすと肩を揺らした。

「古い本にも目を通されるのですね」

「この国のことをもっと知りたいですし、歴史だけでなく文化や言い伝えにも興味があります」

「それでしたら、サーシャ様は〈レマーノの奇跡〉はご存じですか？」

「レマーノの、奇跡……？」

聞き覚えのない言葉を鸚鵡《おうむ》返《がえ》しにくり返す。

院長は「これは古い言い伝えなのですが……」と前置きした上で、その内容を語ってくれた。

「イシュテヴァルダとガムラスタの二国の間にあるレマーノ湖は、古くから『神の力が宿る場所』とされ、聖地として大切にされて参りました。レマーノ湖で神に祈りを捧げると不治の病が治ったり、長年子宝に恵まれず悩んでいた夫婦が子供を授かったりするなどの奇跡が起きると」

「そ、そんなことがあるんですか？」

思わず目が丸くなる。

立ち上がりかけたサーシャを見て、院長は苦笑しながら首をふった。

「そのような言い伝えがあるというだけで、実際には奇跡など滅多に起こらないそうですよ。そうでなければ、人々が挙《こぞ》って御利益に与《あずか》ろうと殺到するでしょうから」

　結果は約束されない。だからこそ奇跡なのだ。

「そうか。そうですよね……。病気で苦しんでいる方をお連れすれば、神の力で治していただけると思ったのですが……」

「サーシャ様のやさしさがなによりの妙薬でございますよ。子供たちにとっても、貧しいものたちにとっても」

「そう在ることができれば良いのですが」

「もちろんでございます。この私が保証いたします」

　顔を見合わせて微笑み合う。

　またの来訪を約束し、孤児院を後にしたサーシャは、馬車に揺られながら〈レマーノの奇跡〉のことを思い返した。

　城で暮らしはじめて四年。

　いろいろな文献を読んできたけれど、そんな素敵なことがすぐ近くであったなんて知らなかった。

　はじめのうちは字を覚えるだけで精いっぱいだったし、その後も本の整理や書類の手伝いでなにかと忙しかったから、古い言い伝えに出合うには至らなかったのだ。

「いいことを教えてもらったな」

　レマーノ湖には近々行く予定もある。なんだか運命のようなものを感じてわくわくと胸が躍った。

城に戻ったサーシャは、急いで着替えて夕食に向かう。

アルベルトはすでにテーブルについていて、自分が来るのを待っていてくれた。

「すみません。お待たせしました」

「いや、俺も今来たところだ。慈善活動に出ていたのだろう。どうだった」

「はい。とても楽しかったです」

高杯を傾けながらアルベルトが微笑む。

「それは良かった。今日はどこに？」

「孤児院です。子供たちとたくさん遊んだんですよ。それから、いいことも教えてもらったんです。アルベルト様、〈レマーノの奇跡〉をご存じですか？」

「レマーノ？」

アルベルトはカトラリーを取り上げかけた手を止め、すぐに「あぁ」と頷く。

「願掛けのようなものだな。いざとなれば戦勝祈願に赴くだろうが」

先代の王ベルトルドが隣国と戦った時も、レマーノ湖の畔《ほとり》で自軍の勝利を祈ったのだそうだ。

神に願いが届いたのかイシュテヴァルダは勝ち、自国に有利な条件でガムラスタと和平条約を結ぶことになった。その際、今後の平和を願ってベルトルドが湖畔に建てさせたのが両国の戦死者を弔うための記念碑だ。敵国の兵を弔うのは異例のことで、当時も一悶着《もんちゃく》あったそうだが、ヴィクトリアの心情を慮《おもんぱか》ってベルトルドがやり遂げたのだという。

湖畔の記念碑のことは文献で読んで知っていたけれど、ベルトルドが妻の母国にまで配慮していたのは知らなかった。

「俺にとっては、レマーノ湖といえば記念碑のイメージだが……一般的には奇跡の話の方が興味を引かれるかもしれないな」

鹿肉を口に運びながらアルベルトがニヤリと笑う。

「おまえのことだ。奇跡が起こると聞いて楽しみにしていたんだろう」

「あ、えっと……」

ズバリ言い当てられて焦ってしまった。そんなにわかりやすかっただろうか。

アルベルトはくすくすと肩を揺らしながら高杯を傾けた。

「せっかくだ。おまえの考えを聞かせてくれ。もしも叶うなら、サーシャはどんなことを願う？」

「ぼくですか？　ぼくは、病気で苦しんでいる方を治してほしいです。それから、この国から飢饉《ききん》がなくなるように」

「それは良い心がけだな。だが、おまえ自身の願いはないのか？　毎日甘いものをたくさん、とか」

「もう。アルベルト様はぼくをなんだと思っていらっしゃるんですか」

「違うか？」

「それは、確かに少しは……いえ、できたらもちろん……」

想像しただけで「ふふふ」と笑みが洩れる。

「きっと素敵でしょうね。山のように大きなケーキをアルベルト様と一緒に食べられたら」

「甘いものが苦手な俺になんて苦行を科すんだ」

途端に眉間に皺を寄せたアルベルトを見て、今度はサーシャがくすくすと笑った。

「それなら、アルベルト様はどんなことを願いますか？」

「俺も国の安泰と民のしあわせだ」

「ほら。ぼくと同じことを」

顔を見合わせて笑い合う。

「アルベルト様はお酒がお好きでしょう。飲みきれないほどたくさんのワインとか？」

「それでは政務に障りが出る。二日酔いなどになったら王として示しがつかん。フランシスの小言は御免被りたいからな」

思いきり顔を顰めたアルベルトに、悪いと思いながらも笑ってしまった。国王と家令という立場の違いこそあれど、幼馴染みには容赦がないのがフランシスだ。「だから言ったでしょう」と詰め寄る姿が目に浮かぶ。

アルベルトは高杯に手を伸ばしかけ、フランシスの渋面を思い出したのか、なんとも言えない顔で手を引っこめた。

「やれやれ……。だが、こうして思い巡らせるのも楽しいものだな」

「ほんとうですね。いざとなると思いつかないものですが……」

「現実ではどうしようもないことが叶ってこそ奇跡なのだろう。もしかしたら、俺たちにだって子ができるかもしれない」

「……え？」

「冗談だ」

　あまりにぽかんとしていたせいか、手を伸ばされ、そっと頬に触れられる。そうしてみてはじめて心臓がドキドキと高鳴っていることに気がついた。

「び、びっくりしました。アルベルト様は時々予想もつかないことをおっしゃいます」

「どうせなら夢のあることを思い描いてみたいだろう。それに比べたらケーキなどかわいいものだ。今すぐにでも俺が叶えてやるぞ？」

　唆《そそのか》すようなウインクまで飛んでくる。

　思わず「ぜひ」と言いかけて、サーシャはすんでで思い止《とど》まった。

「お気持ちはとてもうれしいのですが、やっぱり遠慮しておきます。ぼくもフランシスさんにお説教される未来が見えるので……」

　お城に上がってからというもの、王妃教育として愛の鞭《むち》をふるい続けてくれているフランシスだ。「王妃が自制できなくてどうする」と叱《しか》られる自分が目に浮かぶ。

　そう言うと、アルベルトは気持ちのいい声を立てて笑った。

「まったく。国王夫妻の痛いところを摑んでいるとは、なんという家令だ」

「頼もしいですね。でも、そのおかげで健やかに暮らしていられると思えば」

「おまえは何事にも前向きだな。俺も見倣わなくては」

　アルベルトが眉尻を下げながら高杯を取る。

　それきり話は別の話題へ移り変わっていったのだけれど、アルベルトの言葉はサーシャの心に残り続けた。


　——俺たちにだって子ができるかもしれない。

　そんなことが起きたらどんなに素敵だろう。

　もちろん夢のような話だとわかっているけれど、もしも、叶ったとしたら……。

　胸の中に淡雪のような期待が生まれる。

　それ以来、遠出の機会があるたびこっそりレマーノ湖を訪れては、サーシャは祈りを捧げるようになったのだった。


　それから一月《ひとつき》が経《た》った。

　見渡す限り銀世界だった頃の面影はとうになく、空気はゆるみ、山からの雪解け水が国土を潤す。

　あたたかくなるのを待っていたアルベルトは、満を持してサーシャを遠出へ連れ出した。

　約束していた辺境伯の城へ行くのだ。

雪のせいで馬車が立ち往生したりしないようにと万全を期し、早く早くと急《せ》かされるのを宥《なだ》めてようやく迎えた今日のこの日だ。一緒に出かけるのは久しぶりということもあり、サーシャのはしゃぎようといったらなかった。

「アルベルト様。見てください。ほら、春の花があんなにたくさん」

馬車の車窓から見えたものを片っ端から指してはこちらを見る。

「先週ここを通った時はまだ咲いていなかったのに。アルベルト様のためにお花も張りきって咲いたんですね。きれいだなぁ。……あ！　今、リスが木の根元を横切っていきましたよ。見えましたか、アルベルト様」

「わかったわかった。少し落ち着け」

夢中で袖口を摑んでくるサーシャの背中をポンポンと叩いてやると、彼は途端に気恥ずかしそうに頬を赤らめた。

「す、すみません。子供のように……」

「いや。おまえが楽しそうで俺もうれしい。こうして一緒に遠出するのは半年ぶりだからな」

胸を躍らせているのは自分も同じだ。いつもは王妃として振る舞っている彼の素の表情が見られる絶好の機会でもある。

そう言うと、サーシャは「ふふふ」とうれしそうに目を細めた。

「ぼくも、アルベルト様の秘密のお顔が覗《うかが》えます」

「馬車の旅というのは格別だな。馬の遠乗りではこうはいかない」

　こうして肩を寄せ合っていればこそだ。

「そういえばさっき、先週もここを通ったと言っていたな」

「はい。この辺りは慈善活動でよく来ます。今ではすっかり見慣れた道のりに。……ほら、あそこに大きな門があるでしょう？　あの下には、門番さんや町の人たちにかわいがられている黒猫が住んでいるんですよ。前を通ると鳴いて挨拶してくれるんです。それがとってもかわいくて」

「ほう」

「それから、あっちの時計塔には名物犬がいます。時計の番人をされている方が子犬の頃から育てたそうで、白くてふわふわで、すごく大きいんです。いつも寝てるんですけどかわいいです」

「それはかわいいのか」

「かわいいですよ。よく寝てるなぁって」

　サーシャが眉をハの字にして笑う。きっと、その犬の前でもこんな顔をしているのだろう。

「なるほど。見慣れているというのがよくわかる。そんなにこの辺りに来ているとは知らなかったが……雪は大丈夫だったのか。立ち往生もしただろう」

「少しだけです。それよりも、あちこち慰問できて良かったと思うことばかりでした。冬の間は来てくれるものもいないと皆さん寂しがっておられましたし……」

「そうか。だが、おまえが倒れては元も子もない。疲れの出ないようにな」

「ありがとうございます。気をつけますね」

顔を見合わせて微笑むと、アルベルトは再び車窓に目を移した。

サーシャはよく来ると言っていたが、アルベルトがレマーノ湖の辺りを訪ねるのは久しぶりだ。

次期国王に内定しているエドガーとは定期的に連絡を取り合ったり、城に招いて情報交換をしたりしていたものの、自分の方から彼の居城を訪れるのは数年ぶりになる。直近では即位してすぐの頃、まだサーシャを城に迎える前のことだ。

それがこうして一緒に訪問する日が来ようとは……。

そんなことをしみじみ考えているうちに、馬車は目的地に到着した。

「陛下、王妃陛下、失礼いたします」

外から声をかけてきた侍従が恭しく扉を開ける。

馬車を降りると、あたたかな空気が頬を撫でた。城がある辺りよりかなり標高が低いこともあって、ずいぶん暮らしやすそうな気候だ。一方で、隣国との目に見えない緊張感にも晒されるのだが。

「わぁ……質実剛健で立派なお城ですね」

後から降りてきたサーシャも城を見上げるなり感嘆のため息を洩らす。

「対ガムラスタの最前線基地でもあるからな」

過去に戦いが起きた際にも、ここを拠点として戦闘が展開された。これからはそうならないように王である自分と辺境伯のエドガーが密に連携し、努めていかなければならない。

「陛下ならびに王妃陛下。遠いところをよくぞおいでくださいました」

城の侍従長に恭しく出迎えられ、それに応える。

供として連れてきた護衛や侍従たちに待機場所で待つよう指示を出していた時だ。

「陛下！」

懐かしい声にふり返ると、この城の主《あるじ》であるエドガーが立っていた。

二十五歳にして防衛の最前線を預かる知将だ。淡い金髪にヘーゼル色の瞳をした慎み深い青年は、すぐ前までやってくるなり深々と一礼した。

「遠路遥々《はるばる》ようこそおいでくださいました。お疲れになったでしょう」

「いつもおまえにばかり手間をかけさせているから、たまにはな。それよりサーシャを紹介しよう。結婚式で顔こそ合わせてはいたが、なにせ四年も前のことだ」

エドガーが最敬礼をするのに応え、サーシャも軽く会釈する。

「王妃陛下。我が城にお迎えできますことを光栄に存じます」

「ぼくの方こそ、お招きくださってありがとうございます。あの、畏《かしこ》まらなくていいですからね」

「……王妃陛下？」

「これは公式行事ではありませんし、今日は、アルベルト様が親しくされているエドガー様とぼくもお話しできたらいいなと思って来たんです。ですから、どうぞ肩の力を抜いてください」

エドガーが驚いたように目を丸くする。そんなことを言われるとは思ってもみなかったのだろう。

笑いそうになるのをこらえて彼の後ろにいる若い女性に目を向けた。

「それよりエドガー。そちらの女性を紹介してはくれないのか？　恋人なのだろう？」

「これは失礼を。シャーロット」

「はい」

シャーロットと呼ばれた女性がおずおずと進み出て、ドレスの裾が床につくほど深く一礼する。

「聡明で慈悲深いイシュテヴァルダ国王陛下、王妃陛下。謁見の機会を賜り光栄に存じます」

緊張しているのか、声がふるえているところが微笑ましい。見たところ、まだ十七、八歳といったところか。艶やかな亜麻色の髪をひとつにまとめ、瞳と同じグリーンのリボンで結んでいる。装飾の少ないシンプルなドレスが彼女の控えめな美しさを際立たせていた。

「シャーロットといったか。そんなに硬くならなくていい。顔を見せてくれ」

「は…、はい」

そろそろとこちらを向いた彼女だったが、すぐにまた下を向いてしまう。

そんなシャーロットに歩み寄ったのはサーシャだった。

「はじめまして、シャーロットさん。ぼくはサーシャといいます。お会いできてうれしいです」

目の前まで歩いていくと身を屈《かが》め、そっとシャーロットの両手を取る。少し離れたところからでも彼女が驚きに息を呑むのがわかった。

「あ、あの、王妃陛下……」

「怖がらなくていいんですよ。こうしてお会いできたのもお導きです。もし、人狼のぼくが相手でも嫌でなければ、あなたのお友達のひとりにしてもらえませんか？」

シャーロットは戸惑いに口を開け、言葉を探しかけてはまたやめる。

そんな彼女を急かすことなく、サーシャは手を握ったまま辛抱強く待ち続けた。

「私でも、よろしいのでしょうか……」

シャーロットが窺うように隣にいるエドガーを見上げる。

恋人の視線を受けて、エドガーが代わりに口を開いた。

「彼女はガムラスタの人間です。国交のない国の人間とイシュテヴァルダの王妃が親密になることに不安があるのです」

「どうして躊躇う必要があるでしょう。ぼくはとてもうれしいです」

サーシャはにっこり笑うと、こちらに向かって「そうですよね、アルベルト様」と問いかける。

「あぁ。かつて敵国であったとしても和平条約を結んだ隣国。それに、交流を持つこと自体は決して悪いことではない」

「良かった。あとはシャーロットさんのお気持ち次第です。もちろん無理にとは言いませんが……」

「とんでもないことです。あの…、私で良ければ……」

「わっ。うれしいです。ありがとうございます」

花が咲くようにパッと笑ったサーシャを見て、はじめは緊張していたシャーロットも、それを見ていたエドガーも、つられるように笑みを浮かべた。

――不思議なものだ。かつてはサーシャの方がシャーロットの立場だったのにな。

出会ってすぐ、城に連れていくと言った時にはずいぶんと恐縮されたものだった。

そんなことを懐かしく思い出しながら、エドガーの案内に従って応接間へと場所を移す。

四人で向かい合うように座ってすぐ、薔薇の香りのするお茶が運ばれてきた。

「ほう。珍しいな。ローゼンリヒトのものか」

「さすがは陛下。よくおわかりで」

エドガーが驚きに目を瞠《みは》る。

「先月、これによく似たものを味わってな」

離宮でのお茶会を思い出し、隣にいるサーシャと目配せし合う。こんなところで再会するとは思いがけないこともあるものだ。

「春になって、やっと外国からの荷が入るようになりましたね。ダガート山脈さえなければ陸路でももっと盛んに交易が行えるのですが……」

「それでも昔に比べれば飛躍的に輸出入は増えたものだ。アドレアにも、そしてゲルヘムにも……。あぁ、ゲルヘムといえば、試しに取り寄せた香辛料が人気でな。市場の流通も活発なようで、輸入を拡大する方針だ」

「あそこは隣国のサン・シットから質のいい品が入るそうですね」

「東方のキャラバンが来るからな。だが質に関しては玉石混淆《こんこう》、ピンからキリまであるようだ。そのあたりの目利きはしっかりやらせている」

「反対にこちらからは、木材や水産加工品を輸出できるようになったとか」

「あぁ。イシュテヴァルダの木は寒冷地帯で育っただけあって、木目が詰まっていて丈夫だからな。今、あの国は再興に向けた建築ラッシュだ。大量の石材を切り出すのと同時に木材を必要としている。北の海で捕れる魚も珍しいようだ」

「いやはや、変わりましたねぇ。ゲルヘムも、そしてイシュテヴァルダも……」

　エドガーの呟きに、アルベルトもしみじみと頷く。ほんの数年前までは考えられなかったことだ。イシュテヴァルダは『世界の北の果て』と呼ばれ、長らく隔絶した土地のように思われてきた。

「これから、もっともっと良い方向に変わっていく。そのために俺たちがいる。そしてできるなら、隣国ともそのような関係を築きたいものだ」

「ガムラスタと……」

　エドガーが一瞬顔を曇らせる。常日頃から緊張の最前線にいる彼には思うところもあるのだろう。

「民間で、わずかながらのやり取りがあるとは聞いていますが……」

　彼は複雑そうな表情のシャーロットと顔を合わせる。

「早く国交が戻ることを僕らも祈るばかりです。そのための努力は惜しみません」

「よく言ってくれた。これからも頼りにしている」

エドガーは椅子を立ち、その傍らで片膝をついて敬礼した。隣にいたシャーロットも慌ててそれに倣う。

「さぁ、顔を上げてくれ。仕事のことはこれぐらいにして、これからは楽しい話をしよう。せっかく四人でいるのだから」

もう一度席につくよう促すと、エドガーたちはそろそろとそれに従った。

ティーカップを傾けていたサーシャがふたりの緊張を解くように微笑みかける。

「この辺りは自然も豊かで、とても素敵なところですね。よく慰問で訪れるんですよ」

「そうだったのですか。ぜひ今度、旅のお疲れを癒やしにこちらにもお立ち寄りください」

「よろしいですか、アルベルト様」

途端に、サーシャが目をきらきらさせながらこちらを見る。思ったことが丸わかりの表情に、もう少しで噴き出してしまうところだった。

「おまえのそんな顔を見て、俺がダメだと言えると思うか？」

「ふふふ。これでまたひとつ、新しい楽しみができました」

にっこり笑う彼につられて、エドガーたちもようやくリラックスしたように微笑んだ。

「この近くにとても美しい湖があるのです。王妃陛下はご存じでいらっしゃいますか」

「もしかして、レマーノ湖のことですか？　何度か立ち寄らせていただいたことが」

「それは光栄です。王妃陛下がお越しくださっていたとは」

エドガーのあかるい声に背中を押されるようにして、シャーロットも口を開く。

「最近ガムラスタで噂があるのです。対岸に、銀の髪を靡かせた美しい方をよく見かけると……」

レマーノ湖は南北に長い湖で、最も離れているところでは岸から岸までボートで数時間もかかるが、最南端となると対岸の人間を目視できる場所もある。

今の話を聞く限り、十中八九サーシャのことだろう。

「噂になるほどしょっちゅう来ていたのか」

「あっ…、えっと、……えへへ」

サーシャは悪戯《いたずら》が見つかった子供のようにもじもじと照れ笑いする。

「そういえば前に、〈レマーノの奇跡〉の話をしてくれたことがあったな」

「はい。アルベルト様にとっては、平和記念碑が思い出深いというお話も」

「歴史を考えれば、どうしてもな。その記念碑を美しく保ち、両国の平和のために祈りを捧げるのも辺境伯であるエドガーの仕事だ。……尤《もっと》も、これにはガムラスタの動向を注視するという意味も含まれている」

イシュテヴァルダとガムラスタは和平協定を結んだにもかかわらず、良好な関係を築いているとは言いがたい。そのため、国境最前線での警戒が必要となるのだ。

「せっかくだから話しておこう。ガムラスタとはどんな国か、どんな戦いがあったのか」

アルベルトは薔薇茶で唇を湿らせると、静かに過去を繙《ひもと》きはじめた――――。

イシュテヴァルダとガムラスタの間で戦いがあったのは遥か昔、アルベルトの祖父や父がこの国を治めていた頃のこと。

　領土拡大を図るガムラスタは一方的な侵略戦争をしかけてきたものの、イシュテヴァルダの巧みな情報戦に翻弄され、内部分裂を誘発させられて自滅した。

　鮮やかに返り討ちにされたことに当時のガムラスタ王は怒り狂い、その矛先を自軍に向けたことで多くの兵士が粛清された。この出来事は『ガムラスタの悪夢』として戦争以上のトラウマをガムラスタ人の心に植えつけた。

　そんな恐怖政治を敷いた王も怪我《けが》の後遺症がもとで亡くなり、昨年の暮れに新しい王が擁立された。それが母ヴィクトリアの甥《おい》にあたる人物で、三十八歳になるヘンリーだ。

「ヴィクトリア様の、甥……？」

　サーシャが弾かれたようにこちらを見る。

「母はガムラスタ王の娘だからな。直系男子がいなければ、甥が後を継いでもおかしくはない」

　それ自体はよくある話だ。

　問題なのは、このヘンリーの性格だった。

「なかなか難のある王だと伝え聞く」

　小さな頃から戦争ごっこが大好きで、騎兵隊を使って指揮官の真似ばかりしていたものの、本人は剣も扱えなければ馬にも乗れず、それどころかちょっとした怪我さえ大袈裟に騒ぐ蚤《のみ》の心臓の持ち主なのだそうだ。重臣に諫《いさ》められるたび癇癪《かんしゃく》を起こし、後先考えず罷免にしたり、国外追放したりする気分屋とのもっぱらの噂だ。

「それは、いくらなんでも……」

信じられないという表情のサーシャに、頷いたのはガムラスタ人のシャーロットだった。

「残念ながら、陛下のおっしゃるとおりです。自分勝手で虚栄心が強く、幼稚な王というのが国民が抱いている人間像に他なりません。こんなことを口にすれば処刑されてしまいますので、自国では皆黙っていますが……」

シャーロットはそう言って嘆息する。

「友人がヘンリー様お付きの侍女をしておりますが、癇癪が起きた時など手がつけられないほどで、まるで赤ん坊の機嫌を取るようだと……」

「それはご友人に同情せざるを得ない」

自分だけでなく、エドガーやサーシャまでもが深々とため息をついた。

「そんな国王陛下もいらっしゃるんですね……」

「ヘンリー王は亡き父を崇拝しているそうだ。思考もよく似ていると聞いている。そのため、自国を敗北に追いやったイシュテヴァルダを恨んでいると」

近年のガムラスタは敵意を隠さず、平和条約において「二国どちらのものでもない」と定めてあるレマーノ湖さえ自国のものと主張しはじめている。

共生協調するという考えがないのか、周辺の小国を武力で脅して属国化したり、国交があった国に対しても一方的に輸出入を停止したりして、ガムラスタは国際社会から孤立しつつあった。

「ヴィクトリア様の故郷がそんなことになっていたなんて……あんなに辛い思いをされて、それでも国のためにとご自分を犠牲にされてきたのに……」

サーシャが訴えるような目でこちらを見上げる。

同じ思いだと細い背中をさすっていると、それを見たシャーロットが深々と頭を垂れた。

「横暴なるヘンリー王の振る舞いを、ガムラスタ人として大変申し訳なく思っております」

「シャーロット」

「お顔を上げてください、シャーロットさん。アルベルト様はそんなつもりでおっしゃったわけではありませんよ」

そろそろと見上げるシャーロットに、サーシャが何度もやさしく頷く。

「ヴィクトリア様のことを思うと、歴代のガムラスタ王のなさりようには胸が痛むこともあります。でも、どんな人もぼくたちにとっては大切な隣人です。たとえどこの国の人であっても」

「王妃陛下」

「あなた方もそうでしょう？　イシュテヴァルダとガムラスタの間で想《おも》いを育んでいらっしゃるんですから」

サーシャの言葉に力を得たように、エドガーが恋人の肩をやさしく抱いた。

「おっしゃるとおりです。たとえどの国の人間であっても、僕にはシャーロットが必要です」

「エドガー様」

シャーロットがわずかに目を瞠る。それから気恥ずかしそうにミルク色の頬を染めた。

「僕たちはレマーノの祭で出会いました。年に一度、レマーノ湖の畔で行われる夏至を祝う祭です。そこではイシュテヴァルダからも、ガムラスタからも、分け隔てなく参加して束《つか》の間《ま》の夏を楽しむのですよ。そんな自由なところが僕は好きで……同じ考えの彼女と将来を誓うようになりました」

その時のことを思い出しているのか、エドガーとシャーロットは顔を見合わせて微笑む。

「たとえ国と国との間に境があろうとも、そこに暮らす我々を隔てるものはありません。湖を渡れば行き来も自由に。……そんなふうに、これまでは思っていたのですが」

エドガーは一度言葉を切ると、力なく目を伏せた。

「最近のガムラスタを見ていると、楽観視できなくなりつつあると感じます。今すぐどうこうというわけではないのですが、ガムラスタ内でも犯罪率が上昇するなど治安が悪化しているという話もあり、決して良い傾向にはないと……」

それは即ち、辺境伯である彼が防衛に動く日も近いということだ。

もしそうなれば、ガムラスタ人であるシャーロットとの結婚話も危うくなるかもしれない。それを不安に思っているのだろう。

「エドガー。シャーロット。心配するな。王としてこの状況を打破することを約束する」

「陛下」

エドガーが弾かれたようにこちらを見る。

そのまっすぐな眼差しを受け止めて、アルベルトはもう一度力強く頷いた。

「ユリウスが亡くなってからというもの、おまえのことは遠くに暮らす実の弟のように思ってきた。そんなおまえが想い合う相手と結ばれることを俺は心から願っている」

「もったいないお言葉です」

「そう硬くなるな。いつものように話してくれ。……それに、いずれはこの国を継いでもらう身だ。王がガムラスタの妻を愛し娶《めと》ることは国としてもよろこばしい。政治的な話になってしまうがな」

「承知しています。陛下たちには及びませんが、自分たちもまた国の架け橋になれればと」

「その言葉、感謝する。俺も精いっぱい力を尽くそう」

未来の王と目を見交わし、アルベルトは二国間の平和を心に誓う。

だが、この時は気づく由もなかった——事態は水面下で大きく動いているということに。

季節は、少しずつ夏に移り変わろうとしていた。

雪解けを今か今かと待ち侘《わ》びていた頃が懐かしい。おだやかな日差しは色とりどりの花をこの国にもたらし、やがて日の沈まない白夜を連れてこようとしている。

エドガーの城を訪れた二週間後、サーシャは慈善活動の帰りに再びレマーノ湖を訪れていた。

事前にそのことを伝えたところ、昨今の情勢を鑑みたアルベルトにかなり心配されてしまったので、護衛の数を増やすことで許しをもらった。そのため、今日は騎士団副長であるヴィンセントをはじめ、数人の若い騎士たちが供をしてくれている。

ヴィンセントは、サーシャが城に上がった頃からたびたび護衛をしてくれた男性だ。熱血漢な騎士団長とは対照的に冷静沈着なタイプで、幅広い知識を有していることでも皆から一目置かれている。いつも細やかに気配りしてくれるのも頼もしい。

そんな心強い供に守られながら、サーシャは一番に平和記念碑の前に向かった。

前王のベルトルドが建て、現王アルベルトと次の王エドガーが守っている、鎮魂と平和への願いをこめた象徴だ。サーシャは記念碑の前に跪《ひざまず》くと、ひとり静かに祈りを捧げた。

――どうか、ふたつの国が心から和解し合えますように……。

イシュテヴァルダとガムラスタは、実際には友好な関係とは言いがたいと聞いた。それでも根雪が溶けるように、蟠《わだかま》りもいつかきれいに解けてなくなればいい。

そんな思いをこめてサーシャは深々と頭《こうべ》を垂れる。

どれくらいそうしていただろうか。

「サーシャ様」

ふと顔を上げたところで、見計らったように後ろから声をかけられた。ヴィンセントだ。

「お祈りの最中に申し訳ございません。お言いつけどおりあちらに馬車を停《と》めておりますが、すぐに城にお戻りになりますか」

「いえ、せっかくなので少し散歩をしようかと。待っていてもらえますか」

「畏まりました。では、私が供を」

「大丈夫ですよ。それには及びません。目の届く範囲にいますから」

「ですが……」

朝方に雨が降ったせいで湖の周りは泥濘《ぬかる》んでおり、重たい鎖帷子《かたびら》などの装備を纏った護衛たちにはかなり歩きにくいだろう。車輪を泥に取られるからと、馬車も少し離れたところに停めたほどだ。

それでもなお食い下がろうとするヴィンセントを「すぐ戻りますから」と説き伏せて、サーシャはひとり美しい湖畔を歩きはじめた。

雨の名残りか、湖の向こうは霧がかかったようにぼんやりとしていて、ますます神秘的な気持ちにさせられる。

不思議だ。ここに来ると心がとてもおだやかになる。森の中にいるように心が透き通っていくのがわかるのだ。目を閉じて深呼吸をすると懐かしい針葉樹の香りまで漂ってくるようで、いつも特別な気持ちになった。

「素敵な場所……」

湖面には波ひとつなく、どこまでも青く澄んでいる。

そっと近づいて湖を覗《のぞ》きこむと、簡素な訪問着に身を包んだ自分が映った。まるで、生まれ育った森を出ようと決心したあの朝のようだ。

――あの時も、こうして森の湖を覗いたんだっけ。

当時はあちこち擦り切れた麻《あさ》の長衣を着ていたものだ。湖面を鏡代わりに身嗜《みだしな》みを整えて、キンと澄んだ水を掬《すく》って飲んだ。

懐かしくなったサーシャはその場にしゃがみ、湖に向かって手を伸ばす。

指先が水に触れるか触れないかのところで細波《さざなみ》に気づいて顔を上げると、対岸から二艘《そう》のボートが近づいてくるのが見えた。

「あ…」

ガムラスタの人たちだ。

国交はないに等しい状況であっても、湖畔に住む人々はこうして行き来しているのだろう。イシュテヴァルダの方が物価が安いとも聞いたことがある。どちらのボートにも屈強な男たちが乗っているから、重たい小麦や芋などをまとめて買いつけにきたのかもしれない。

眺めていると、男のひとりがサーシャに気づき、「あれを見ろ」というように仲間を小突いた。

「サーシャ様」

警戒したヴィンセントが少し離れたところから声をかけてくる。

サーシャは肩越しにふり返り、「大丈夫ですよ」と微笑んだ。

ただでさえガムラスタで噂になっていると聞いたばかりだ。噂の主を見つけて驚いているんだろう。それに、ここで王室付きの護衛たちに囲まれればその正体が王妃だったとわかってしまう。さすがにそれは恥ずかしい。

そうこうしているうちに二艘のボートは岸に着き、男たちが下りてきた。

噂の主を確かめようというのか、一直線に近づいてきたかと思うと、あっという間に取り囲まれる。

「あ、あの……？」

「イシュテヴァルダ王妃だな。来い。国王ヘンリー様がおまえをお呼びだ」

サーシャだけに聞こえる声で低く告げられる。

護衛たちからサーシャを隠すように立ち塞がれ、歩くようグイと背中を押されて、これは一大事だと気づいた時にはすべてが遅かった。

「サーシャ様！」

異変を察したヴィンセントたちが駆けつけようとしたものの、泥濘に足を取られて藻《も》掻《が》いている。その間にガムラスタの男たちは二手に分かれ、片方が目潰しの砂で護衛を足止めしている隙に、もう片方がサーシャを無理矢理ボートに押しこんだ。

「や、やめてください！　放して！」

必死に抵抗しようにも男たちの力は強く、三人がかりで押さえつけられてどうにもならない。すぐにボートは岸を離れ、対岸に向かって漕《こ》ぎ出された。

「サーシャ様！」

「ヴィンセント！」

湖上には叫び合う声だけが虚しく響く。

護衛のひとりがボートの漕ぎ手を狙って矢を射ろうとしたが、ヴィンセントが慌ててそれを止めた。万が一にもサーシャに当たってはいけないとの判断からだろう。追撃したくともすることもできず、唇を噛むしかない護衛たちの姿は瞬《またた》く間に遠くなる。自分を呼ぶ悲痛な声もやがては霧の中に消え、すぐに届かなくなった。

すべては、あっという間の出来事だった。

対岸に着いたサーシャはボートから下ろされ、用意してあった馬車に乗せられる。

「どこに行くんですか」

「城だ」

「ぼくをどうするつもりですか」

「そんなものはヘンリー様に訊《き》け」

それ以上問答するつもりはないようで、男たちは口を閉ざす。

サーシャは彼らを下手に刺激しないよう、あえて問いかけることはせずただ黙って従った。

それでも、刻一刻とイシュテヴァルダから離れていくことに頭の中はパニックだ。

――どうしよう。どうしよう。どうしよう。

まさかこんなことになるなんて。

それでも、イシュテヴァルダの王妃として連れていかれる以上、自分の一挙一動を彼らは注視するだろう。だからみっともないところを見せてはいけない。アルベルト様の伴侶として恥ずかしくない振る舞いをしなければ。

サーシャは心細さを押し殺して毅然と顔を上げ続ける。

しばらくすると、石畳を走っていた馬車が停まった。馬をつないでいた馬具が外される音がする。どうやらガムラスタ城に着いたようだ。

「下りろ」

有無を言わさぬ声に命じられ、黙って従う。

髭面の男に二の腕を引っ張られるようにして塔に連れていかれ、そのまま地下室に入れられた。

「ここでおとなしくしてろ」

「あっ…」

乱暴に背中を押され、よろよろと蹈鞴《たたら》を踏んだサーシャは、つんのめるようにして冷たい石の床に倒れる。

その背後で、ガシャンと音を立てて鉄製の格子扉が閉じられた。

「痛、た……」

強《したた》かに打ちつけた膝をさすりながら身を起こす。

明かり取りの窓がないせいか辺りは薄暗く、今が何時なのかもわからない。石造りの地下牢は狭く、立って歩こうにも二、三歩もいけば壁に突き当たってしまうほどだ。足下からシンシンと這《は》い上ってくるような寒さに身をふるわせながらサーシャは隅に蹲った。

とにかく、今は落ち着かなければ。

——慌てないで。嘆かないで。考えるんだ。

そう自分に言い聞かせると、サーシャは状況を整理しはじめた。

前提として、ガムラスタとイシュテヴァルダの間には和平条約が結ばれており、それは周辺諸国の知るところだ。アルベルトの言うように彼らが今なお恨みを募らせているとしても、相手国の王妃を力任せに攫《さら》うなんてあまりに乱暴ではないか。とても国家がすることとは思えない。

彼らの目的はなんだろう。

自分を人質にして多額の金品を要求するつもりだろうか。それとも、イシュテヴァルダの属国化を狙っているのだろうか。けれど、そんなことをしても必ず報復が待っている。周囲から孤立しているこの国と、周辺国と友好関係を築いているイシュテヴァルダでは、今やその体力は雲泥の差なのに。

考え倦《あぐ》ね、小さくため息をついた時だ。

ぐうう、とお腹が鳴る。

「……も、もう。こんな時に……」

正直な身体に驚くと同時に、ついつい苦笑を誘われた。

どんな時でも腹は減る。それは生きている証拠に他ならない。

サーシャは石の壁に寄りかかりながら愛しい人たちのことを思い浮かべた。

今頃、アルベルトはどんなに心配しているだろう。ヴィクトリアも母国の暴挙に胸を痛めているだろうし、二国を和平に導いたベルトルドも怒りを露《あら》わにしているだろう。

あの時、必死に助けようとしてくれたヴィンセントがどうか自分を責めませんように。アルベルトも護衛たちのことを叱らないでほしい。来なくていいと言ったのは自分なのだから。

もしもあの時、護衛を断らなかったら。

湖畔が泥濘《ぬかる》んでいなかったら。

今が白夜でなかったら。

考えても詮ないことだ。過去を取り戻すことはできない。頭ではそうわかっていても、心がそれに追いつかない。ただただ重いため息がこぼれ落ちるばかりだった。

これからどうなるのだろうと膝を抱える。

しばらくして、遠くから足音が近づいてきたかと思うと、目の前に身なりの良い男たちが現れた。先ほど自分を攫った屈強な男たちとは一目で身分が違うとわかる。

その中のひとりが門番と思《おぼ》しき男に顎を決《しゃく》り、鉄格子の扉を開けさせた。

「いやはや。夏だというのにひどい冷気だ」

「牢というのは辛気くさくて適《かな》わんな」

「罪人には似合いでございましょう」

男たちは口々に嘲笑《ちょうしょう》しながら狭い牢に押し入ってくる。三、四人も入ればいっぱいだ。

それぞれが高価そうな衣服に身を包んでいたが、最後に現れた人物を見てサーシャは目を疑った。

まるで戦時下のように、たくさんの勲章でゴテゴテと飾り立てた軍服を纏っていたからだ。

ひとりだけ別世界の人間のようだ。

じっと見入るサーシャの視線に気づいた男が「おい」と鋭い叱責を投げた。

「ガムラスタ国王ヘンリー様であらせられるぞ。頭《ず》が高い」

近くにいた男に無理矢理後頭部を押さえつけられ、頭を下げさせられる。その手が離れていくのを待って、サーシャはまじまじとヘンリーを見上げた。

——これが、ガムラスタ王……。

背は低く痩せていて、神経質そうに常にキョロキョロと目を泳がせている。爪を噛む癖があるのか、右手の親指の爪は少し離れたところからでもわかるほど変形していた。

立派な軍服に豪奢な勲章。

けれど、それを身につけた彼からは君主の威厳のようなものはまるで感じられない。アルベルトをはじめ、これまで何人もの王と対面してきたけれど、こんな人ははじめてだ。シャーロットが言った「自分勝手で、虚栄心の強い幼稚な王様」という言葉を思い出し、妙に納得してしまった。

押し黙るサーシャをなんと思ったのか、ヘンリーはこちらをジロジロ眺めた後で、つまらなそうに

「ふん」と鼻を鳴らす。

「これが傾国の美女というわけか。人狼と聞いているが、見た目は人間そのものだな」

「陛下。これは男でございます」

側近に訂正され、ヘンリーは嫌そうに顔を顰めた。

「あぁ、そうだった。隣国の王は卑しい男色家だった」

「なっ……」

アルベルトを侮辱され、サーシャはカッとなって口を開きかける。

けれどすぐに、これはヘンリーの罠だと気がついた。ただでさえ多勢に無勢のこの状況で、発言を捻《ね》じ曲げられ、揚げ足を取られてはイシュテヴァルダの不利に働く。王妃として敵の誘いに乗ってはいけない。

――こらえるんだ。ぼくたちだけの問題じゃない。

唇を真一文字に引き結び、押し黙るサーシャにヘンリーは苛《いら》立《だ》ったようだ。やはり言い返してくるのを期待していたのだろう。

「……ほう？　小賢《こざか》しい」

ならばさらに煽《あお》ってやろうとばかりに、彼はベラベラと喋《しゃべ》りはじめた。

「おまえはイシュテヴァルダ王の寵姫《ちょうき》だそうだな。ずいぶんと誑《たら》しこんでいるそうじゃないか。噂はガムラスタまで届いているぞ。王と王妃は仲睦《むつ》まじく、天さえも分かつことを許さないほどだとな。

だが、そんなもの、俺にかかれば容易《たやす》いことだ。おまえさえ手に入ればイシュテヴァルダを揺さぶることができる」

「な、ん……」

「金を強請《ゆす》るために連れてこられたとでも思ったか？　甘いな。イシュテヴァルダを属国にすることさえ俺には生ぬるいというのに」

ヘンリーがニヤリと嗤《わら》う。生気のない眼差しが不気味に光った。

「俺は、イシュテヴァルダを俺のものにする。俺にはその権利がある」

「どういう意味ですか」

「継承権を行使するのだ。この身体に流れるガムラスタの血でな」

予想もしなかった答えに、すぐには理解が追いつかない。

目を瞠り、戸惑うばかりのサーシャを見て、ヘンリーはようやく満足げにせせら笑った。

「そうだ。そういう顔をしろよ、とても愉快だ。これからイシュテヴァルダを絶望に叩き落とせると思うとゾクゾクするな」

側近に何事かを囁かれ、ヘンリーはますます愉《たの》しそうに肩を揺らす。

「そもそも、あの戦いでガムラスタがただで負けてやったと思うのか？　もしそうだと思ってるなら、イシュテヴァルダはよっぽどの馬鹿《ばか》だな」

ガムラスタが戦後処理の一環としてヴィクトリアを差し出したのは降伏の意図だけではなかった。

たとえ戦いに敗れたとしても、イシュテヴァルダ王家にガムラスタの血を入れることができるなら、近い将来、その血を根拠に王位継承権を主張できると考えてのことだったという。

「そ、んな……」

あまりの言いように血の気が引く。

「それなのに、おまえは面倒な手間をかけさせやがって」

さっきまで嗤っていたヘンリーは急に真顔に戻ると、サーシャの髪を摑んで強引に引っ張った。

「痛っ……」

「せっかくイシュテヴァルダ王家にガムラスタの血を入れたんだ。それなのに、アルベルトは同性を伴侶にしたというじゃないか。それがどういうことかわかるか。跡継ぎを望めなくなったんだ」

イシュテヴァルダ王家の中でガムラスタの血が絶えれば、それを根拠に王位継承権を主張できなくなってしまう。そこでヘンリーは、サーシャの身柄と引き換えにアルベルトに離婚を迫り、代わりにガムラスタ人の娘を宛がうつもりだと得意げに語った。

「あなたは……あなたという人は……」

あまりに自分勝手な言い分に眩暈《めまい》がする。

「ヴィクトリア様がどんな思いをされてきたかわかるでしょう。それなのにあなたは、イシュテヴァルダを我がものにするべく継承権争いを起こしたとおっしゃるのですか」

「それがどうした。国は国だ。いずれ遠からぬうちに俺のものになる」

高らかに宣言するヘンリーを、側近たちが「さすがは陛下」「ガムラスタの誇り」と煽《おだ》てる。

「当然だ。イシュテヴァルダを手に入れたら、おまえたち全員を大臣にしてやるぞ」

「ありがたき幸せ」

「陛下にお仕えできたことは我が一生の誇りでございます」

得意げに応えるヘンリーに、サーシャはついに言葉を失った。

ヴィクトリアの甥でありながらよくもそんなことを考えたものだ。義母をなんだと思っているのか。彼女が人質としてどんなに辛い思いをしたか、同じことを味わわせてやりたいくらいだ。

義母の尊厳を踏み躙《にじ》られた怒りで身体がふるえる。

そんなサーシャを見て、ようやく自分に恐れをなしたと曲解したのか、ヘンリーは上機嫌で牢から去っていく。取り巻きの男たちもゾロゾロとそれに続いて出ていった。

代わりにやってきた看守に冷たい壁に鎖でつながれ、口に猿轡《さるぐつわ》を嵌《は》められる。

「……っ」

その日から、サーシャは看守たちの憂さ晴らしの対象となった。躾《しつけ》という名の拷問だ。服で隠れて見えないところを殴られたり、蹴られたりするたびに、鎖がジャラジャラと不快な音を立てる。

終わりのない苦痛のはじまりに、サーシャはなすすべもなく耐えるしかなかった。

一方、王妃が攫われるという前代未聞の事態にイシュテヴァルダ城内は大混乱に陥っていた。

「サーシャが……サーシャが連れ去られただと！」

事態の第一報を聞いたアルベルトが勢いよく立ち上がる。弾みで執務室の椅子が倒れ、ガタン！と大きな音を立てた。

「なにが起きた。なにがあったのだ。なぜ護衛がついていながら……！」

「落ち着いてください、陛下。まずは正確な状況の把握を」

フランシスに力尽くで押し止められる。

その感触にこれが現実であることを突きつけられて、全身の血の気が引くのが自分でもわかった。とうとう恐れていたことが起きてしまった。情勢不安が囁かれていた隣国ガムラスタが取り返しのつかないことを、それもこんな暴挙に出るとは。

「サーシャ……」

今どんな思いでいるだろう。無事なのか。怪我はないのか。きっと不安でたまらないだろうに。

「サーシャ…………！」

絶望に胸を掻《か》き毟《むし》られるようだ。アルベルトは固く目を瞑り、それでも王として現実を受け止めるべく深呼吸をした。これ以上取り乱してはならない。もはやこれは国と国との話だ。

ゆっくりと瞼を上げると、アルベルトは感情を押し殺した声で命じた。

「ヴィンセントをここへ」

すぐさま王室騎士団副長と、当時護衛を務めていたものが数名、目の前に並ぶ。

未曾有《みぞう》の事態にヴィンセントの顔は青ざめ、いつもの凜とした雰囲気など微塵《みじん》もなかった。

「このたびの失態、どのようなことをしても償いきれない大罪であると思っております。王妃陛下をお守りするものとしてあってはならない恥ずべきこと。かくなる上は私に極刑を……！」

アルベルトが口を開くより早く、ヴィンセントが床に頭を擦《こす》りつける。職務に忠実な誇り高い男が自ら腰の剣を差し出そうとするのを見て、アルベルトは右手を出してそれを制した。

「待て。早まるな。おまえたちもだ」

彼の後ろに控えていた護衛たちにも目をやると、アルベルトはあらためて一同を見回した。

「状況を把握したい。レマーノ湖でなにがあった。なぜ、サーシャはあそこに行ったのだ」

静かに問われ、ヴィンセントは躊躇いながらも剣の柄《つか》から手を離す。そうして一呼吸置いてから、確かめるように話しはじめた。

「王妃陛下は、レマーノ湖畔の空気がとてもお好きだったようです。ここに来ると清々《すがすが》しい気持ちになるとおっしゃって、いつも熱心に祈りを捧げておいででした。慈善活動でお出かけになった際は、帰りに湖に立ち寄ることができるか常に気にかけていらしたほどに」

シャーロットも言っていた。対岸のガムラスタでも噂になるほどだったと。

「当時は朝方の雨で湿度が高く、さらに白夜ということもあって視界が白く霞《かす》んでいるような状態でございました。湖畔はひどく泥濘んでおり、王妃陛下は車輪が嵌まらぬよう少し離れたところに馬車を停めて待機するようお命じになりました。その際、せめて私だけでも近くにと申し上げたのですが、王妃陛下はおひとりで散策することを望まれ……」

その時のことを思い出しているのか、徐々に言葉尻が細くなる。ヴィンセントはなにかをこらえるように一度唇を引き結んだ後、再び顔を上げた。

「対岸から二艘のボートが近づいてきたかと思うと、あっという間に王妃陛下を取り囲んで船に乗せ……。応戦を試みたものの泥濘みに足を取られ、まともに対処もできないまま見送るという失態を。誠に、誠に申し訳ございません」

「…………そうか」

項垂《うなだ》れるヴィンセントに辛うじてそう返したきり、アルベルトは深いため息を洩らす。

護衛というのはいついかなる時も王や王妃を守るものだ。すぐ近くについていながらみすみす敵の暴挙を許すなどあってはならない。それでも、話を聞く限り一概にヴィンセントたちを叱責する気にはなれなかった。

傍らでは、フランシスや他の重臣たちも皆一様に嘆息している。執務室の中は重苦しく、抗いようのない空気に満ちた。

「状況はわかった。だがなぜ、サーシャはそこまでレマーノ湖にこだわっていたのか……」

ふと、ある言葉が脳裏を過る。

「〈レマーノの奇跡〉か」

彼は修道女から聞いたという〈レマーノの奇跡〉に強い関心を抱いていた。現実ではどうしようもないことが叶ってこそ奇跡なのだと話をした覚えがある。もともと信心深いサーシャのことだ。祈り続けていればいつか願いが叶うやもと淡い期待を寄せたのかもしれない。

「〈レマーノの奇跡〉がどうかしたのですか」

考えに沈んでいると、フランシスが声をかけてきた。

「サーシャが興味を持っていたんだ。どんな願いも叶うと聞いてな」

「言い伝えのようなものでしょう。王妃陛下ともあろう方がなにを願うと……」

その瞬間、ハッとする。

——もしかしたら、俺たちにだって子ができるかもしれない。

「子供だ」

「子供、ですか？」

「俺が言ったんだ。奇跡というものがあるなら、俺たちに子ができてもおかしくないと。サーシャはそれを真に受けたに違いない」

義両親に孫を抱かせてやれないと気にしていたくらいだ。言い伝えに縋《すが》ったとしてもおかしくない。だから湖畔でたびたびその姿が目撃され、ガムラスタで噂になるほどだったのだ。

「もっと早く気づいてやっていれば……」

こんなことにはならなかったかもしれない。けれど、今さらなにを言っても詮ないことだ。

アルベルトは侍従が起こした椅子に力なく腰を下ろすと、そのまま両手で顔を覆った。

「俺の不用意な発言のせいでサーシャを危険な目に遭わせてしまった」

「今回のことは不幸な事故です。陛下のせいではありません」

「だが、俺があんなことを言わなければ、サーシャは湖に行くこともなかった」

「王妃陛下には王妃陛下のお考えがあってのこと。どうかご自分を責めたりなさいませんように」

フランシスの言葉も今は遠い。

またひとつ、大きなため息をついた時だ。

「陛下！　大変でございます。ガムラスタより伝令が参りました」

「なんだと」

侍従が慌ただしく執務室に駆けこんできた。

弾かれたように顔を上げるアルベルトの周囲で重臣たちも息を呑む。伝令から預かったという書簡の中身を確かめようとフランシスが手を伸ばすのを遮って、アルベルト自ら封を開けた。

そして恐るべき速さで一読するなり、ぐしゃりと紙の束を握り締める。

「陛下」

「なんとあったのですか、陛下」

アルベルトは怒りに我を忘れそうになるのを必死にこらえ、重臣たちの顔を見回した。

「やつらは、イシュテヴァルダの王位継承権を主張してきた」

「なっ……！」

一同はたちまち騒然となる。

「なんという戯言《ざれごと》を」

「聞き入れられるわけがございません」

「そうです。どこにそのような正当性が」

「……俺だ。俺の中に流れている、ガムラスタの血を根拠にしている」

悔しさに目を閉じていても、周囲がいっせいに息を呑んだのが気配でわかった。

イシュテヴァルダとガムラスタ、両方の血が入った自分がこんなことの言い訳に利用されるなど、まるで思いもしなかった。このために母を人質に出していたなんて。両親が歩み、そして乗り越えてきた三十余年はいったいなんだったのか。

アルベルトは怒りにぶるぶるふるえる拳を強く握り締める。大きく息を吸い、吐き出して、必死に感情を飲みこむと、王として国難に立ち向かうべく静かに目を開いた。

「イシュテヴァルダはいかなる暴挙にも屈しない。必ずや王妃を奪還し、彼《か》の国に報復を」

重臣たちから同意の声が上がる。

すぐにでも作戦会議をと湧き立つ中、ヴィンセントが果敢に割りこんできた。

「陛下。畏れながら、まずは我々に罰を。王妃陛下をお守りできなかったことの責任を果たさずして、このままお仕えすることはできません」

「ヴィンセント」

彼の後ろで控えていた護衛たちも皆いっせいに頭を下げる。職務に忠実な男たちは、そうでもしなければ自分で自分が許せないのだろう。

「わかった。ならば鞭打ち三十回とする。それを受けて、あらためて王妃奪還に全力を尽くせ」

「ありがたき幸せ。なれど、私にはそれでは到底足りません。どうか王室騎士団の除名処分を」

「なにを言う」

アルベルトはヴィンセントのすぐ前まで歩み寄ると、床に片膝をつき、彼の肩に手を置いた。

「おまえを失うことなど考えられない。これまで俺やサーシャによく仕えてくれていたではないか。除名などさせぬ。その代わり、生きてサーシャを助け出すと誓ってくれ。おまえの力を貸してくれ」

「陛下……この私にまだ機会をくださるのですか。処刑されてもおかしくないこの私に、汚名返上のチャンスをくださると……？」

「俺がおまえを頼りにしているだけだ」

ヴィンセントが感極まったように息を吞む。それから彼は深く深く頭を垂れた。

「なにがあろうと、たとえこの命に代えましても、必ずや役目を果たしてご覧に入れます」

「あぁ。頼んだぞ」

なにがあっても……その気持ちは自分も同じだ。

ポンと肩を叩くとアルベルトは気持ちを切り替え、立ち上がって周囲を見回した。

「直ちに軍事会議を開く。大臣と騎士団関係者、それから父上と母上もお呼びしてくれ。離宮からの道中で概要の説明を。ただし言葉は選んでくれ。母上は故郷の蛮行に胸を痛めるだろうから」

「畏まりました」

侍従たちが指示を受けて勢いよく部屋から出ていく。

本来であれば、第一線を退いた両親を軍事会議に招くことはない。ましてや女性であるヴィクトリアは、王妃であった頃を含めても参加したことなどないだろう。

けれど、今だけは事情が違う。母国とのいざこざが起きているにもかかわらず、蚊帳の外に置かれてはかえって不安が募るだろうと、情報を共有するためにあえて来てもらうこととした。

歯車が動きはじめたことをひしひしと感じながら、アルベルトは窓の外に目を移す。

遠くに見える針葉樹の森。あの遥か先にはレマーノ湖があり、その向こうにはガムラスタがある。母が生まれ育った故郷であり、今や伴侶が囚《とら》われている場所だ。

――必ず助ける、サーシャ。必ずだ。

固い決意に拳を握る。

フランシスや重臣たちとともに会議室に移ったアルベルトは、招集したものたちが揃うのを待って一同を眺め回した。

この国の軍事経済活動を預かる大臣たちやその補佐、騎士団団長のアルフォンス、諸外国の物事に精通している伝令たち、それに両親である先王夫妻だ。皆一様に緊張した面持ちで、緊迫した空気が場を包んでいる。

　そんな中、アルベルトはあらためて事態を整理するとともに、矢継ぎ早に指示を出した。

「アルフォンス。万一の開戦に備えて、ガムラスタの状況と戦力について急いで情報を集めてくれ。それからヴィンセント。イシュテヴァルダの兵力と武器についても情報をまとめてもらいたい」

「畏まりました。直ちに」

　ふたり揃って一礼する。

　あかるく豪快で、いつも笑顔でいるのがトレードマークのアルフォンスも、さすがに頬を強張《こわば》らせ苦々しい表情をしている。彼はサーシャが城に上がった頃から親しくしてくれたもののひとりだ。

「フランシス。備蓄食料について整理して報告してくれ。城にある分だけでなく、レマーノ湖周辺の町や村がどれだけ耐えられるかも確認したい」

「承知しました」

「それからエドガーに、いつでも辺境騎士団を動かせるよう待機しておいてほしいと伝えてくれ」

「そのお役目は私が」

　伝令のアレクシスが進み出る。彼もまた、自分とサーシャに長らく仕えてくれている信頼のおける人物だ。物腰はやわらかながら、各国の王族や貴族たちと交渉してきた凄腕《すごうで》の持ち主でもある。

　アルベルトはそれぞれに役割を割りふると、今度は大臣たちに目を向けた。

「この件は、国と国との交渉になる。イシュテヴァルダとして王妃の誘拐を強く抗議するとともに、ガムラスタの王位継承権の主張は受け入れられないことを宣言しなければならない。そして両国間の和平条約に基づいて安全かつ速やかに王妃を解放し、今後二度とこのようなことを行わないと誓約させなければ」

「おっしゃるとおりでございます」

「ですが、ガムラスタの要求を真っ向から跳ね返す形となり、反応に不安が残ります」

「王妃陛下の身の安全を確保することが最優先でございましょう」

「だが、それではやつらの思う壺《つぼ》。安全と引き換えに王位継承権を無理矢理認めさせるに違いない」

「それはなりませぬ。それだけは……。しかし、我々の王妃陛下が……」

皆が苦渋に顔を歪《ゆが》め、唇を噛んだその時だ。

「私がヘンリーを説得しましょう」

それまで黙って話を聞いていたヴィクトリアがおもむろに口を開いた。

「母上」

「兄のみならず、その息子までもがこうも心ない行いをするとは……妹として、叔母として情けなく恥ずかしいばかりです。ですが、一度は二国をつなぐ役割を負った身。嘆くより行動しなければ」

今にもガムラスタに乗りこんでいかんばかりの勢いに、大臣たちが狼狽《うろた》える。

「お、お待ちください王太后陛下」

「王太后陛下にそのようなことをさせるわけには参りません」

「いいえ。大切な息子であるサーシャを一刻も早く取り戻さなければ、私の胸は張り裂けてしまう。あの子に人質の辛さを味わわせたくありません。あんな思いをするのは私ひとりで充分です」

「母上……」

ヴィクトリアの目には悔恨と憂慮の涙が浮かんでいる。その思いは察してあまりあるばかりだ。

アルベルトは母の目を見返し、力強く頷いた。

「わかりました。国王として正式に、書簡での交渉をお願いいたします」

直ちにそのための用意がなされ、ヴィクトリアは甥ヘンリーに宛てた嘆願書をしたためる。それをガムラスタからの伝令に託すと、アルベルトも平行して国としての対応方針を固めた。

ガムラスタの暴挙を許してはならない。譲ってはならない。それを決然と示すことこそ、イシュテヴァルダの誇りなのだと。

大臣たちが狼狽えた強硬手段をあえて選び、そのための書簡をしたためると、アルベルトはそれを伝令のアレクシスに託した。

駆け出していく背中を見送って、アルベルトはぶるりと胴震いする。

吉と出るか、凶と出るか——。

運命の歯車は悪戯に噛み合いながら回り続けた。

気を揉《も》みながら返事を待つこと十日。

アレクシスに託した書簡はビリビリに破かれた状態で突き返された。

「な…、んだ、これは……」

アルベルトは呆然と目を瞠る。会議室に集まった大臣たちも皆一様に息を呑んだ。

「こちらの言い分など聞く気はないとの意思表示でございましょう」

「だがこれは国と国のやり取りなんだぞ。こんな子供のようなことをするのか」

「それがヘンリー王なのです」

ガムラスタでの一部始終を見てきたアレクシスが悔しそうに声を絞り出す。

ヴィクトリアの嘆願書にも返事はないそうだ。最後は武力にものを言わせて城から追い出されたと聞いて、アルベルトは腹の底から煮え滾《たぎ》るものを覚えた。

「もはや交渉など意味はない。こうなったら武力行使しかあるまい」

「陛下！」

重臣らの間に緊張が走る。

「それではあまりに一足飛び。まだガムラスタの兵力すら正確に把握できてはおりません」

「作戦を熟考する時間が必要でございます。いきなり打って出るなど、死にに行くようなもの」

「武器の補充も補給路の確保も間に合いません。どうか陛下、お考え直しを」

詰め寄ってきた大臣たちが口々に捲《まく》し立てるのを聞いているうちにさらに焦燥感は募った。

「ならばいつ、サーシャを救い出せるのだ。こうしている間にも危険な目に遭っているかもしれないのだぞ」

「ごもっともでございます。我らとて王妃陛下の御身を案じておりますからこそ……」

「悠長に構えている余裕などない。監禁が長引けば長引くほどサーシャの身が危なくなる」

「ですが、陛下！」

「これは国王命令だ。もはや猶予はならぬ」

アルベルトは直ちに軍事会議を開いて強行突破を決定すると、イシュテヴァルダ軍の結成を命じる。ガムラスタには人質奪還の宣戦布告状が送られ、両国は有無を言わさぬ緊張状態に突入した。

城内はたちまち緊迫感に包まれる。

そんな事態はすぐさま国中に知れ渡った。

男たちに交じって女性や高齢者、さらには年端もいかないような子供たちまでが手に手に鍬《くわ》や鋤《すき》を持って「サーシャ様をお助けします！」と毎日のように城門に押し寄せてくる。サーシャは四年間、慈善活動を通して多くの民と心を通わせてきた。その結果、彼の一大事と聞いてこうして取るものも取りあえず駆けつけてくれたのだろう。

その気持ちはうれしかったが、無防備な民を危険なところへ連れていくわけにはいかない。

城門に集まったものたちに心からの礼と連れていけないことへの詫《わ》び、そして奪還の成功を祈っていてほしいと伝えるアルベルトに、人々は思いを託すように祈りを捧げた。

「サーシャ様はこの国に銀の祝福をもたらしてくださった。作物が豊かに実るようになったのはあの方のおかげです。神の与えたもうた祝福をどうかお助けください」

「サーシャ様は儂《わし》らの寂しさに寄り添ってくださった。我々の天使様をどうかお助けください」

「サーシャ様はぼくたちに読み書きを教えてくださった。大切な先生をどうかお助けください」

男たちが、老人たちが、そして子供たちが口々に願いを託す。

そんな人々の思いを背負い、士として、夫としての使命感と情熱を胸に、アルベルトは黒い軍服を身に纏うとイシュテヴァルダ軍を率いてガムラスタへと進軍を開始した。

イシュテヴァルダからガムラスタまで、通常は道のいい迂回路を通るため中一日はかかる。

だが今はそんな悠長なことはしていられないとアルベルトは早馬を走らせるルートを取り、時間を半分以下に短縮した上で、行く先々の村で補給と馬の交換を行わせた。

途中でエドガー率いる辺境伯軍と合流し、レマーノ湖にある平和記念碑に奪還を誓う。

かつて父が立てた平和の誓いを、息子である自分が破ろうとしている。イシュテヴァルダとガムラスタ、二国の血を引くこの自分が。だがそれでも、どうしても、許すわけにはいかないのだ。

――神よ、願いを聞き届けたまえ。イシュテヴァルダに勝利を。我が伴侶をこの手に……！

〈レマーノの奇跡〉にも縋る思いで祈りを捧げると、一行はついに国境を越えた。

イシュテヴァルダ側の動きを察知したガムラスタ軍も動き出し、平地に陣取る。隊列の左右展開は控えめな分、背後に広がる小高い丘まで縦列連隊を組んでいるようだ。

密かに敵の様子を探っていた間諜《かんちょう》がイシュテヴァルダ陣営に戻ってきて、アルベルトの前に跪いた。

「ご報告申し上げます。ガムラスタ軍はおよそ一万。その大半を、長弓兵や歩兵が占めているようでございます」

「一万……」

騎士団長のアルフォンスが唸《うな》り声を上げる。急遽掻き集めたこともあり、イシュテヴァルダの軍勢は三千にも満たない。

「いいえ、陛下。数の勝負ではございません。こちらは多くを騎馬兵で固めております。機動力ではイシュテヴァルダが圧倒的に勝っていると申せましょう」

すかさず割りこんできたのはヴィンセントだ。なにがなんでも王妃奪還の手柄を上げ、護衛失敗の汚名を返上しようと意気込んでいる。その勢いは今のアルベルトには頼もしく思えた。

「ヴィンセントの言うとおりだ。天候も怪しくなりつつある。ここは短期決戦で勝負をつけるぞ」

アルベルトは甲冑《かっちゅう》に着替えると自らも馬に跨《また》がり、全軍に進軍を命じる。

「敵は恐るるに足らず！　必ずや我らが王妃を奪還せよ！」

「おおおおお！」

鬨《とき》の声とともにイシュテヴァルダ国旗が翻り、それを合図に先鋒《せんぽう》隊が勢いよく飛び出した。

濛々《もうもう》と上がる土煙の中、戦いの火蓋が切って落とされる。エドガー率いる辺境伯軍や王室騎士団の面々もいっせいにそれに続いた。

騎馬兵たちは左右から迂回するように馬を駆り、ガムラスタの両翼を脅かす。これに対応するべく先方のわずかな騎馬兵部隊が動いた瞬間を狙って一隊は真正面から、もう一隊は大きく回りこんで敵の背後を突く作戦だ。

だが、戦いがはじまってすぐ、思いがけないことが起こった。

ガムラスタ軍がみるみる陣形を崩したのだ。それどころか、我先にと後退をはじめたではないか。すぐ後ろに流れる川を死に物狂いで渡っていく。

「敵は怖《お》じ気《け》づいている。追え！　逃がすな！」

渡り終えた橋をガムラスタが落としてもお構いなしだ。アルベルトは全軍に騎馬や徒歩での渡河《とか》を命じ、自らも敵陣へ突っこんだ。

鬼気迫るイシュテヴァルダ軍に追われたガムラスタ軍は総崩れとなり、いよいよ逃げ場を失って後方の丘に上りはじめる。周囲を高い山で囲まれた隘路《あいろ》に逃げこむなど、トドメを刺してくれと言っているようなものだ。わずかにいた騎馬兵など散り散りになって影も形もない。

敵を深いところまで追い詰め、誰もが勝利を確信した、その時だった。

「……！」

ついさっきまで逃げ惑っていたガムラスタ兵たちがくるりと向きを変え、いっせいに弓を番《つが》える。

あっと思った時にはもう遅く、丘の上から豪雨のような矢が降り注いだ。

「うわあああ！」

「おのれガムラスタ、騙したか！」

「陛下！　陛下、お逃げください！」

　下向きの力が加わった矢は勢いを増し、威力を増して、瞬く間にイシュテヴァルダ軍に襲いかかる。辺りは阿《あ》鼻叫喚《びきょうかん》の坩堝《るつぼ》となり、隊列は見る間に崩れていった。

　矢玉から身を隠したくとも隘路に挟まれてどうにもならない。決死の思いで丘を下った先には一度姿を消したはずの騎馬兵が待ち構えており、剣や槍《やり》で突き倒された。辛うじてそれを躱《かわ》して逃げても目の前の川に退路を断たれ、身動きできないでいるうちにバタバタと矢で討ち取られてしまう。

　すべては計画されていたのだ。イシュテヴァルダを一網打尽にする作戦を、彼らは用意周到に準備していたに違いない。

　罠に、嵌まってしまった――。

「陛下。こちらへ！」

　ヴィンセントたちの奮闘によってなんとか最前線を脱したものの、圧倒的な力の差にアルベルトは愕然とするばかりだ。それでも、ここで退《ひ》くわけにはいかないと単身踵を返そうとするのを、身体を張って止めたのはエドガーだった。

「なりません、陛下！」

　普段の温厚さなどかなぐり捨てた大きな声だ。後ろから羽交い締めにされ、それでもアルベルトは頭をふった。

「止めるなエドガー！　俺は行く。サーシャを助けなければ！」

「ここで引き返すなどみすみす殺されに行くようなもの。王に万が一のことがあったらどうします。国を乗っ取られ、蹂躙《じゅうりん》され、イシュテヴァルダは滅びます。王妃陛下だって悲しみます！」

「……ッ！」

サーシャの愛しい面影が脳裏に浮かぶ。菫色のつぶらな瞳から涙がぽろぽろこぼれる姿を想像し、胸が掻き毟られるように痛んだ。

なぜ、自分は無力なのだ。

なぜ、愛しいものひとり守れないのだ。

なぜ、なぜ、なぜ――――！

どんなに己を責めたところで目の前の結果は変わらない。アルベルトは断腸の思いで全軍の退却を命じると、失意のうちに帰途につく。

今ほど悔しいという思いを噛み締めたことはなかった。


無念の帰国から一日。

城に戻るなり倒れこむようにして昏々《こんこん》と眠ったアルベルトは、ようやくのことで冷静さを取り戻し、己の計画の甘さを深く反省するに至った。

ガムラスタが完全に一枚上手だった。焦って突撃してくる自分たちの心理を突き、見事返り討ちにしてみせた。その手腕の巧みさには唸るしかない。

逆に言えば、こちらのことなどなにもかもお見通しだったということだ。王位を継いでからは戦争知らずで、いざという時になにを成すべきか、骨身に染みてわかっていなかった。そのせいで多くの死傷者を出してしまったことは王としてただただ申し訳なく思うばかりだ。

アルベルトは死傷者やその家族に対し、充分な見舞いと手厚い保護を命じた。

――二度と、同じことはくり返さない。

強い決意とともに前を向く。

再び関係者たちを集めると、経験豊富な父ベルトルドにも参加してもらって、もう一度軍事会議を開いた。イシュテヴァルダとガムラスタ、両国の戦いの歴史だけでなく、ガムラスタと他国との戦い方についても充分検証するためだ。

同時に自軍の状況についても整理し、その詳細を報告させた。

「畏れながら、我が軍は先の戦いで大きくその数を減らし、満足に行軍できるものとなりますと今や二千にも満たない手勢。隊を再編成することはできましょうが、ガムラスタには遠く及ばず……」

「そうか。やはりな……」

無理もない。あれだけの攻撃をまともに食らったのだ。

「加えて、ガムラスタ軍は属国からも兵を集めているとの情報がございます」

「なんだと。それはほんとうか」

　間諜の報告に騎士団長のアルフォンスが立ち上がった。

「属国のひとつひとつは小さいが……束になってかかってくるとなれば分《ぶ》が悪い」

「今のイシュテヴァルダが勝てる可能性は」

　アルベルトの問いかけに、アルフォンスは無言で首をふる。

「体勢を立て直したとしても、自国軍だけで太刀打ちするのは不可能ってもんです」

「……そうか」

　目を伏せ、小さく嘆息する姿が諦めているように見えたのか、大臣たちは口角泡を飛ばしながら次々に意見し出した。

「陛下。私たちは、いついかなる時にも陛下と王妃陛下のために命を捨てる覚悟でございます」

「待て、逸《はや》るな。ここで攻めてもまた同じことのくり返しになる」

「ですが、こうしている間にも王妃陛下は……」

「だからこそ作戦が必要なのだ。少数精鋭で戦えるだけの作戦が」

「それはたった二千でやりおおせましょうか？　相手はさらに数を増やしているのですぞ」

「ならば民衆からも兵を募り、我ら一丸となってガムラスタを打ち崩すのです」

　紛糾する議論に会議室は喧々諤々《けんけんがくがく》たる有様だ。皆敗戦の屈辱を抱えながらも、王妃奪還に使命感を燃やしているのが痛いほど伝わってくる。

アルベルトは、胸の内にあたためていたものを語るべく口を開いた。

「俺に考えがある」

「陛下」

皆はいっせいに話すのをやめ、食い入るようにこちらを見つめる。

アルベルトは一同の顔を眺め回すと、強い口調で言い放った。

「三国同盟へ援軍を要請する。アドレアとローゼンリヒトに事情を話して加勢を請うのだ」

「……！」

誰もがハッと息を呑み、目を見開いたまま互いに顔を見合わせる。あまりに予想外だったのだろう。

アルベルト自身、一度目の戦いの時は目の前のことしか見えておらず、思いつきもしなかった。

今、イシュテヴァルダは大きな試練に晒されている。自分たちの力だけではどうにもできない現実がある。同盟締結から三年、良い関係を築いてきた二国ならばきっと力を貸してくれるに違いない。

「ご、ご名案でございます。直ちに、直ちに伝令を……！」

ようやく我に返った大臣によって慌ただしく伝令たちが集められ、イシュテヴァルダ王の嘆願書を持って各国へと旅立っていく。

今度こそ、吉と出ることを祈るしかなかった。

サーシャが攫われて二十日が経った。

同盟国からの返事を待つだけのジリジリとした日々を、数えきれないほどのため息で埋めている。各国が要請に応えてくれたとしても、作戦を話し合い、必要となる軍備を揃え、奪還に発《た》てるのはいったいいつになるのか――。

「……っ」

こみ上げる焦りのまま、アルベルトは廊下の壁を拳で叩く。

こうしている間にもサーシャはどんな目に遭っているだろう。無事でいるのか。命はあるのか。あるいは、サーシャはもう……？

「クソッ！」

そんなことはない。そんなはずはない。きっと無事だ。大丈夫なはずだ。

それなのに、無事を確かめることもできなければ助けに向かうこともままならない。募る歯痒《はがゆ》さに苛立つ自分を必死に抑え、アルベルトは壁に叩きつけたままの拳をずるずると下ろした。

そんな自分に侍従たちは近づくことを恐れ、遠巻きにしている。

この感覚は前にも味わったことがある。サーシャが人狼だと発覚した直後だ。彼を好奇の視線から守りたいがために周囲にきつく当たり散らし、そのせいでサーシャは城から出ていってしまった。

王たるもの、何事にも動ぜず、常に強く在らねばならない。

頭ではわかっているのに心がそれに追いつかない。命より大切な存在を奪われて、手を拱《こまね》いたまま正気を保ってなどいられない。

――どうしたらいい……どうすれば、この状況を打開できる……？

固く目を閉じ、息を吐き出した時だ。

「陛下」

嗄《しわが》れた声に呼びかけられる。

目を開けると、廊下の向こうから白い司祭服を纏ったギルレリウスがやってくるところだった。

「どこかへおいでになるところでございますかな」

「いや……政務は終えた。風にでも当たろうかと思ってな」

じっとしていると良くない考えに囚われそうで、ひとりになれる場所を探していたのだ。

そう言うと、ギルレリウスは蜂蜜色の目をそっと細めて頷いた。

「なれば、この老翁《ろうおう》におつき合いくださいませ。陛下もお話しになりたいことがおありでしょう」

「俺が……？」

「ほほほ。陛下はお小さい頃から隠しごとが苦手でおられますね。それが美点であり、気がかりな部分でもございました」

ハッとする。

幼い頃は教育係として、大人になってからは司祭として導いてくれたギルレリウスに嘘《うそ》がつけないのはほんとうだ。そんな彼が思うところがあると言うなら従ってみるしかあるまい。

「わかった。おまえに任せよう」

ギルレリウスは恭しく一礼すると、先に立って歩きはじめる。敷地内にある王族専用の教会に行くのだろう。そこならば邪魔も入らず、ふたりで静かに話ができる。

後について歩きながら、子供の頃のようだなとアルベルトは内心苦笑した。

悪戯が見つかるといつもこうして呼び出されたものだ。敬虔な司祭はたとえ相手が王太子だろうと手心は加えない主義で、膝と膝をつき合わせてみっちりお説教されたものだった。

けれど、彼の言葉は嫌ではなかった。「王太子様なのですから」などというよくわからない言葉で丸めこもうとせず、まっすぐ自分に向き合ってくれたからだ。なぜ悪いことなのかを諭すとともに、彼は必ずアルベルトがほしい言葉をかけてくれた。

ギルレリウスは不思議だ。彼のやわらかなヘーゼルの瞳はいつだってアルベルトの本心を見抜いてしまう。それが少し怖くもあり、同時に頼りになる所以《ゆえん》でもあった。

主塔を出て、教会に続く回廊を渡る。

少し風が出てきたようで、アルベルトは巻き上げられた髪を手で押さえた。短い夏が過ぎ、季節は少しずつ秋を迎えようとしている。乾いた匂いに焦燥感を募らせながら教会へ足を踏み入れた。

堂内は薄暗く、シンとしている。

窓から差しこむ一筋の光に神の救いを見る思いがした。

「さぁ、陛下。こちらへ」

縋る思いで立ち尽くしたアルベルトを、ギルレリウスはそっと告解《こっかい》室に促す。

自らの罪を打ち明け、赦しを乞うための小部屋だ。すぐ横には司祭が話を聞くための別室があり、それぞれは小窓でつながっている。

「なぜ、ここに……」

告解室は好きではない。嫌でも己の弱さを直視させられるからだ。

躊躇うアルベルトを見上げながら、ギルレリウスはやさしく頷いた。

「ここには赦《ゆる》しの秘跡《ひせき》がございます。……陛下は、己を強く律するがゆえに際限なくご自身を責めてしまわれる。これまでのことを打ち明け、神の赦しを得てこそ前に進むこともできましょう」

「前に？」

ギルレリウスが大きく首肯する。

「話すだけで心が軽くなることもございます。ご存じのとおり、ここで告白されたことは決して公に出ることはございません。どうか、陛下。お心のままにお話しください」

もう一度促され、心が揺れた。

この状況を打開するにはどうすればいいかと頭を悩ませていたところだ。もしもきっかけを摑めるならばすべてを曝《さら》け出しても惜しくない。

アルベルトは藁《わら》にも縋る思いで告解室に入ると、ギルレリウスが着座するのを待って、これまでのことをポツポツと語りはじめた。

自分の迂闊《うかつ》な一言のせいで、伴侶を危険な目に遭わせてしまったこと。

奪還を誓っておきながら返り討ちにされ、情けなく引き下がったこと。

今すぐ助けに行きたくとも、援軍を待たなければ手も足も出ないこと。

「すべてはこの俺のせいだ。あんなことを言わなければ、サーシャは連れ去られることもなかった。俺が冷静に軍を指揮していれば、ガムラスタの罠に嵌まることもなかった。イシュテヴァルダの兵を失うこともなかった。それなのに……！」

誰にも、ただの一度も打ち明けたことのなかった弱音だ。王たるもの、常に強く在らねばならないと自分に言い聞かせて生きてきた。それなのに、己の中にこれほど滾るものがあったとは。

長い長い沈黙の後、ギルレリウスが静かに息を吐いた。

「王妃陛下や民に対する悔恨の念に囚われておいでだったのですね。その双肩に、大変なお苦しみを抱えておられた……。陛下も王妃陛下も、私にとっては大切な教え子。そのおふたりのことを思うと胸が詰まる思いでございます。神も哀れんでおられるでしょう」

「ギルレリウス」

「ですが、どうかご安心ください。神は陛下をお赦しになりますよ。もちろん王妃陛下たちも」

「サーシャも……？」

「王妃陛下が本気で陛下を恨んでおられるとお思いですか。ご自分のことを必死に助け出そうとしておられる陛下を、あのおやさしい王妃陛下が責めたりなさると？」

そう言われてハッとした。

狼殲滅令を出したのがアルベルトだったとわかった時さえ、サーシャはただの一度も詰らなかった。自分の父親を殺した相手を目の前にしても彼はその事情に思いを馳せ、人間の気持ちを汲《く》み取ろうとしてくれた。

「王妃陛下は情け深く、愛情深い御《お》方です。それは陛下も同じだと私は胸を張って申し上げることができますよ。陛下と王妃陛下、おふたりの師である私だからこそ」

ギルレリウスが誓いを立てるように右手を心臓の上に置く。

「人は、恐れや不安に呑みこまれやすい生きものです。ですが、心が頑なになれば目も濁り、物事を正しく見極めることができなくなってしまう……。陛下。どうかお心安らかに、真実だけをその目と心に映されますように」

「……あぁ。おまえの言うとおりだ」

焦るあまり、充分な検討も行わないまま強硬手段に出た結果が今だ。心を落ち着け、事実を見極め、サーシャを助ける方法をあらためて見直さなければ。

そう考えると、やれることはまだまだある。

あらためて心に誓う自分を見て、ギルレリウスがにっこりと笑みを浮かべた。

「陛下。お声が戻られましたね」

「そうか」

「はい。いつもの陛下に。……たとえ今すぐは動けずとも、遠からぬうちに来る『その時』のために備えていればお心の嵐も鎮まりましょう。それでこそ知将というもの」

アルベルトは勢いよく告解室の扉を開ける。

隣室から出てきた恩師に向き直り、その皺だらけの両手を取った。

「ギルレリウス。恩に着る。おまえには助けられてばかりだ」

「畏れ多いお言葉でございます。陛下と、このイシュテヴァルダに神のご加護がありますように」

彼の澄んだ瞳と目を合わせ、誓いをこめて力強く頷く。

――必ず取り戻す。サーシャも、イシュテヴァルダの平和も……！

教会を後にしたアルベルトは、急いで今後の検討をしようと主塔へ戻りかけていたところで、訓練帰りと思しきアルフォンスとヴィンセントに出会《でくわ》した。

「このようなところで陛下にお目にかかりますとは……見苦しい格好で申し訳ございません」

訓練着のふたりが揃って敬礼する。

「騎士として当然のことだ。心強く思うぞ」

そう言うと、アルフォンスは驚いたように目を見開いて、ヴィンセントも何度も瞬きながらじっとこちらを見上げてきた。先に我に返ったのはアルフォンスの方だ。グローブをした手を口元に当て、顎髭を撫でながら感心したように頷いている。

「陛下。なんというか、憑《つ》きものが落ちたようですなぁ」

「わかるか。ギルレリウスに話を聞いてもらってな」

「司祭様に」

「良い助言をもらったおかげで、心を落ち着けることができた。サーシャを助ける方法をあらためて見直さなければならないと」

そう言うと、ヴィンセントがその場にサッと跪いた。

「作戦が決まりました暁には、私に役目をお与えください。陛下と王妃陛下のためにこの命、捧げる覚悟でございます」

「待て待て、そう急くな。まだなにも決まっていない。なにより、おまえを死なせるわけにはいかないからな」

「陛下」

「俺とサーシャのことを思ってくれるなら知恵を貸してくれ。アルフォンス、おまえもだ」

「よろこんで」

「謹んで」

再び最敬礼を捧げるふたりを四人掛けのベンチに誘う。「陛下と同じ場所に座るなど」と遠慮する彼らを説き伏せ、あらためて向かい合った。

「今は同盟国の返事を待っている段階だが、うまく事が運んだとして、そこから先を考えたい」

まずは援軍を送ってくれる同盟国の参謀を集めて作戦を練り、役割分担を決める必要がある。

おそらく同盟国はどちらも力を貸してくれるだろう。だが西の大国アドレアからガムラスタまではかなりの距離があり、ローゼンリヒトを一国丸ごと横断しなければならない。一方ローゼンリヒトは、イシュテヴァルダとの国境に聳《そび》えるダガート山脈を迂回すれば早く合流できるだろう。

「援軍の足並みを揃えることが課題ですな」

「そこはアドレアの機動力に賭けるしかあるまい」

「一度イシュテヴァルダに集結してから一気にガムラスタに攻めこみますか」

ヴィンセントの問いかけに、首をふったのはアルフォンスだ。

「その方が意思疎通は確実だろうが、それなりの大軍になる。隘路には不利だろう」

彼の言うことももっともだ。イシュテヴァルダとガムラスタはレマーノ湖を国境としている関係上、陸地に引かれた国境線はごくわずかしかない。そこを数千、数万という軍が通り抜けるにはかなりの時間がかかることが予想され、作戦決行に支障を来《きた》す。

「イシュテヴァルダ軍は西から、援軍をまとめた連合軍は南から、挟み撃ちにするのはどうだ」

「なんと……！」

アルフォンスが目を瞠った。

「一か八かではありますが、それは良い考えです。我々イシュテヴァルダだけではできない作戦で、敵の意表を突くこともできる」

「ならば、私が連合軍をまとめましょう」

ヴィンセントも身を乗り出す。

「大変な役目になるぞ。やってくれるか」

「お任せください。それに私であれば、本体を指揮されるアルフォンス様のお考えもある程度は予想できますから」

「はっはっは！　俺の突飛《とっぴ》な行動についてこれるやつはおまえしかいないな。さすがは騎士団副長」

「団長も無茶はなさらないでくださいね」

顔を見合わせて笑うふたりに、アルベルトもつられて笑ってしまった。

「おまえたちがそれぞれ軍を率いてくれるなら、難しい挟み撃ち作戦もできるかもしれないな」

「俺たちが敵軍の正面をこじ開けます。その間に陛下は王妃陛下を」

「あぁ。そのためには、できるだけガムラスタ城内の様子を把握しておきたいものだが……」

先の戦いでその用意周到さを見せつけられたばかりだ。ガムラスタ城自体も強固な警備で守られているだろう。人質がそう簡単に見つかるとも思えなかった。

「ガムラスタ城の地図があれば……あるいは、サーシャが囚われている場所の詳細だけでも」

敵の情報を探るため数人の間諜を放ってはあるが、国や軍の動きを外側から探るので精いっぱいだ。城内のことは城内にいる人間にしかわからない。城に仕えるガムラスタ人に、その内部事情を横流ししてくれと頼んで引き受けてくれるものなどいるだろうか。

「手引きのためのガムラスタ人を今から探すとなると……」

「下手をすれば、我々の動きをガムラスタ側に赤裸々に洩らすことになります」

ふたりもどうしたものかとため息をつく。

これ以上のリスクを取るのは危険かと諦めかけたその時、ふと、とある人物の顔が脳裏を過った。

エドガーの恋人であるシャーロットだ。彼女の友人は確かヘンリーの侍女をしていたはずだ。

「ひとつだけ手がある」

アルベルトがそのことを話すと、アルフォンスたちは「おおっ」と色めき立った。

「シャーロット殿には我々もお会いしたことがあります。ガムラスタ人ながら、エドガー伯とともに二国の平和を願う御方。そのご友人ならば、協力してくれるやもしれませんな」

「ですが、祖国を裏切らせることになります。そんな要請に応えてくれるでしょうか……」

「先に友好関係を壊してきたのはあっちだぞ。それをもとに戻そうってんだ。俺ならよろこんで協力するぜ」

「それはそうですが……」

アルフォンスはすでに乗り気のようだ。

反対に、慎重派のヴィンセントは不安げな顔をしている。

そんなふたりを交互に見ながらアルベルトは頷いた。

「ヴィンセントの懸念はわかる。だが、おそらくこれが唯一の手段であることも確かだと俺は思う。エドガーに意見を聞いた上でシャーロットに話をする。どうだ」

「そう、ですね。エドガー伯ならシャーロット殿のお気持ちを蔑《ないがし》ろにはなさらないでしょうし、もし賛同が得られそうにないと見れば、要請自体をなさらないと思いますから」

「俺も賛成です。賭けましょう」

「よし！」

アルベルトは急いで立ち上がると、ふたりとともに執務室へ向かう。

とうに政務を終え、私室に戻ったと思っていた王が騎士たちを連れて戻ったことで、片づけをしていたフランシスが目を丸くした。

「どうなさったんですか、陛下。そんなに慌てて……」

「アレクシスを呼んでくれ。エドガーのところに早馬を出す」

「アレクシスならアドレアに行っております」

「ならば誰でもいい。とにかく伝令を。馬の用意も頼む」

フランシスが直ちに侍従たちに指示を出す。

慌ただしく仕度が調えられていく中、アルベルトはエドガーへの手紙をしたためた。

こんな時、距離があるのがもどかしい。

彼らがここにいてくれたら、国王から一方的に送られる要請ではなく、互いに国を守る同志として話をすることができるのに。エドガーの思いも、シャーロットの不安も、あるいは願いも、肌身に感じることができるのに。

それでも、伝令は最大限時間を縮めてくれた。エドガーの城との間を一昼夜で駆け通し、翌日の夕方には快諾の返事を持って戻ってきた。

「エドガーが話をつないでくれた。シャーロットと彼女の友人が役目を引き受けてくれると」

昂奮《こうふん》のあまり、アルベルトは手紙を握り締めながら声を上げる。それを受けてアルフォンスやヴィンセントたちも「おお！」といっせいに立ち上がった。傍にいた大臣や軍の関係者たちもだ。

内容が内容だけに断られてもおかしくないと覚悟していたが、そんなアルベルトの予想に反して、手紙には「ぜひ協力させてほしい」と書かれていた。両国の平和を願うエドガーとシャーロットには今回のヘンリーの行動は人の道に悖《もと》る卑劣な行為と映っており、一切の躊躇《ちゅうちょ》はないそうだ。

「なんと心強いことか……」

イシュテヴァルダにとって大きなアドバンテージになる。

さらには、同盟各国に送り出していた伝令たちも次々に城に戻ってきた。

「アドレア王国国王ジークフリート様、快く援軍にご協力くださるとのことでございます」

「まことか！」

「ローゼンリヒト王国国王も同じく。すぐにでも駆けつけるとのお言葉を賜りました」

「リッテンドルフ王国国王も通行許可をくださったばかりか、自軍の兵も派遣してくださると」

「なんと……なんという僥倖《ぎょうこう》……。よくやってくれた。おまえたちの交渉の賜《たまもの》だ」

アルベルトは大使として活躍した伝令たちを労う。

そんな王に、アレクシスをはじめとする伝令たちは長旅の疲れも見せず最敬礼を捧げた。

大国アドレアは、西の端から兵を出すよりゲルヘムにいる駐留軍を北上させる方が早いだろうと、自らゲルヘムへ使いを飛ばしてくれたそうだ。こんな時、獣人の能力には驚かされる。あの広い海をハヤブサの獣人はたった数時間で飛んでいけるというのだから。

駐留軍が北上する際にはリッテンドルフの領土を通り抜けることになる。もとはローゼンリヒトの援軍を見越して通行許可を願い出ていたのだが、駐留軍の進軍まで承諾してくれたばかりか、兵をも貸してくれるとは思わなかった。

リッテンドルフは自分と同じく人間の王が治める国だ。国土のほぼすべてを山岳地帯が占めており、ゲリラ戦に強い軍を有している。近年イシュテヴァルダとの間で貿易が盛んになり、強いつながりができていたこともあって、この一大事に快く加勢してくれることになった。

なんとありがたく、心強いことか。その戦い方から学ばせてもらうことも多いだろう。

「神は我々に味方してくださった。今度こそ目的を果たす。そしてイシュテヴァルダに平和を」

「おおお！」

皆がいっせいに声を上げる。

かつてない高揚感に包まれながら、アルベルトは遠く隣国にいる伴侶に思いを馳せた。

秋の空気が頬を撫でる。

風は凪《な》ぎ、すべてがシンと静まり返った夜に月だけが皓々《こうこう》と照っていた。

同盟各国から助力をもらい、約二週間で作戦立案と武器や馬の準備、さらには補給の確保も行った。異例のスピードが実現したのは皆が東奔西走してくれたおかげだ。サーシャが攫われてから一月半、いよいよ作戦前夜と迫っていた。

アドレア駐留軍、リッテンドルフ軍、ローゼンリヒト軍から成る三国連合軍は、ガムラスタの南に位置するリッテンドルフの国境付近に集結している。

もうすぐ夜が明けるという頃、最終確認に赴いていた伝令のアレクシスが国境傍の野営陣地にいるアルベルトのもとに戻ってきた。

「連合軍各位、すべて了解とのことでございます。あとは作戦決行の狼煙《のろし》を待つばかりと」

「そうか。ご苦労だった」

報告を受け、アルベルトは近くにいるアルフォンスやエドガーと目を見交わす。

シャーロットと彼女の友人が目覚ましい活躍をしてくれたおかげで、ガムラスタの城内の様子や、サーシャが囚われているおおよその位置は頭に入っている。二重城門を越えて奥までまっすぐ進んだところにある主塔の地下、それが彼の居場所だ。

城内に突入してからの動きはアルフォンスとともにシミュレーションを重ねてきた。あとは不測の事態を最小限に抑えられれば。

「陛下」

武者震いするアルベルトに声をかけてきたのはエドガーだ。

「いよいよですね」

「あぁ。今回の作戦ではおまえにもシャーロットにもほんとうに世話になる」

「陛下のお役に立てるなら光栄です。……それに、僕にとって王妃陛下は大切な友人でもあります。友人が困っている時に、どうして手を差し伸べずにいられるでしょう」

「エドガー」

「行きましょう。目的はただひとつ」

まっすぐに目を見交わし、力強く頷く。

アルベルトは野営陣地を出て丘の上に立つと、待機していた兵士たちに向かって声を上げた。

「勇敢なる我がイシュテヴァルダ軍の兵士たちよ。我々はこの日のためにあらゆることに備えてきた。一度は惜敗を味わったが、二度と同じ間違いは犯さない。我々には神のご加護と連合軍という心強い味方がある。必ずや敵を打ち破り、王妃を奪還して戻ることをここに誓う」

「おおおおお！」

「イシュテヴァルダ国王陛下万歳！」

「王妃を我らに！　希望を我らに！」

王の言葉に兵士たちは士気を上げ、彼らを率いる司令官や各隊隊長たちも表情を引き締める。

一同の顔を眺め回し、アルベルトは厳かな気持ちで持っていた兜《かぶと》を被《かぶ》った。

——サーシャ。いよいよだ。今度こそ必ずおまえを助ける……！

愛しい伴侶の面影に誓うと、アルベルトは夜明けとともに狼煙を上げるよう指示を出す。

奪還作戦開始だ。

「突撃——！」

陣を出たイシュテヴァルダ軍はレマーノ湖を迂回し、国境を越えて西からガムラスタに傾《なだ》れこむ。

まだ薄暗い中、それも前回の敗戦からわずか一月半で体勢を立て直し、攻め入ってくるとは思っていなかったのだろう。ガムラスタ側の防御は薄く、あっという間に国境の防衛ラインを突破すると、アルベルトたちはそのまま森を抜け、城壁へと続く小高い丘を猛然と駆け上がった。

地響きのような音を立て、濛々と砂煙を上げながらイシュテヴァルダ軍が第一の城門に迫る。

ガムラスタの兵士たちは慌てふためきながらも弓を構えたが、それを嘲るように南方から連合軍が迫っているのを見て、大軍勢での挟み撃ちに彼らは完全にパニックに陥った。見たこともないような規模の軍勢だ。慌てるのも無理はない。

早朝の奇襲と圧倒的な兵力差に冷静な判断力を失ったガムラスタ軍は、皆いっせいに城に向かって退却をはじめる。ここはいったん引いて体勢を立て直すべきだと直感的に思ったのだろう。

それこそがアルベルトの狙いだ。

挟み撃ちで敵の逃げ場を奪い、戦闘拠点を一箇所に絞る。そして籠城を決めこまれる前に突破口をこじ開け、一気にカタをつけるのだ。

「追え！　逃がすな！」

鬼気迫る追撃に恐れをなしたのか、ガムラスタは自軍の兵を残したまま城の跳ね橋を上げはじめた。取り残された兵は連合軍に捕らえられたり、逃れようとして堀に落ちたりと大混乱だ。

そこへさらに、リッテンドルフ軍が砲弾を撃ちこんだ。ドオオオン！　という轟音《ごうおん》とともに城壁の一部が吹き飛び、濛々と硝煙が上がる。爆風に敵が怯《ひる》んだところを続けて二発、三発と弾を撃ちこみ、ガムラスタの戦意を大きく抉《えぐ》った。

それでも相手は城壁の上から雨のように矢を降らせてくる。

「ここは俺たちが」

前に出たのはローゼンリヒト軍だ。前回の戦いでイシュテヴァルダ軍がこれに屈したことを伝えたところ、彼らは大勢のクロスボウ兵を率いてやってきてくれた。ガムラスタが用いる長弓は飛距離が長く回転効率も良い反面、威力に劣る。距離さえ稼げれば弩《ど》の破壊力に勝るものはない。

そこで、リッテンドルフ軍が砲撃手たちを楯《たて》で守って援護し、その間からローゼンリヒト軍が弓を射るという連携プレーを編み出した。距離を縮め、回転効率をカバーして確実に仕留める方法だ。

本番一発勝負ではあったものの、日頃から特殊な訓練を積んでいる精鋭揃いだからか、この作戦は見事に当たる。

イシュテヴァルダ軍及び連合軍は、とうとう城内に侵入することに成功した。

「ここからだ」

アルベルトは兜の眉庇《まびさし》から注意深く辺りを見回す。事前にシャーロットたちから聞いていたとおり、敷地内は建物が乱立していて一見するとどれが主塔かもわからないほどだ。

そこへ、あちこちに隠れていた兵士がいっせいに襲いかかってきた。

「さぁ、作戦どおり先においでください。ここは我々が」

今度はアドレア駐留軍が敵の前に立ち塞がる。そうしてその数と圧倒的な力によって、アルベルトたちが敷地を駆け抜ける間、ガムラスタ兵をその場に引き留めてくれた。

その甲斐《かい》あって、イシュテヴァルダ軍は無事主塔に辿《たど》り着く。建物の入口でも、中に入ってからも敵の激しい抵抗に遭ったが、アルフォンスをはじめとする騎士団の面々がアルベルトに剣を抜かせることなく捻じ伏せた。

——もうすぐ。もうすぐだ……！

逸る気持ちを抑えながら螺旋《らせん》階段で地下へと下りる。

見張りを倒して鍵を奪い、中へ突入したアルベルトが見たものは、冷たい石牢の片隅でぐったりと横たわる変わり果てたサーシャの姿だった。

「………サー…、シャ……？」

慌てて駆け寄り、細い身体を抱き起こす。

「サーシャ！　俺だ。助けにきたぞ！」

辛うじて息はあったものの、一月半ぶりに会うサーシャはひどく痩せ、あちこちが痣や傷だらけになっていた。着ていた服もボロボロで城にいた頃の面影もない。

ここにいる間どんな酷い目に遭わされたのだろう。殴られ、蹴られ、口に出すのも悍《おぞ》ましい拷問を受けたに違いない。狼耳や尻尾が出ていることからも、彼が肉体的にも精神的にも限界だったことを物語っている。

あまりの痛ましさに言葉もなく、アルベルトは細い身体を力いっぱい抱き締めた。

「かわいそうに……こんな目に遭って……さぞ辛かっただろう。さぞ怖かっただろう……」

かつて見世物小屋の地下に幽閉され、疲弊するあまり人型を保てなくなった彼を助け出したことがあった。あの時も、こんなふうにサーシャは鎖でつながれていたのだ。

まるで、罪人のように。

「クソッ……！」

サーシャがなにをしたというのだ。イシュテヴァルダはいつだって両国の平和を願ってきた。和平条約を結んだその時から、大切な隣人としてガムラスタを尊重してきたつもりだ。それなのに。

「よくもこんなことをしてくれたな……こんな卑怯《ひきょう》な手段で、愛する人を痛めつけるなど……」

叶うなら今すぐにでもこの手でヘンリーを成敗してやりたいくらいだ。

それでもサーシャの安全確保が最優先だと、アルベルトは憎悪を抑えてまずは容態を確かめた。痣や切り傷は無数にあるが、見たところ大量の出血を伴うような大きな怪我はしていないようだ。

首を絞められた痕や舌を噛んだ痕跡もなく、両の手足も折られていない。ただ脱水症状が酷いのか、苦しそうに喘《あえ》ぐのが痛々しかった。

「サーシャ。俺だ、わかるか。助けにきたぞ。サーシャ。サーシャ」

片腕で抱き上げ、もう片方の手で冷たい頬を包みこむ。

サーシャは辛うじて目を開けてはくれたものの、こちらを見てかすかに微笑んだきり、すぐに気を失ってしまった。

「待たせて、すまなかった……」

ぐったりと投げ出された手を揃え、サーシャの足から重たい鎖を外してやる。やっと自由になった身体をもう一度ぎゅっと抱き締めると、アルベルトは伴侶を横抱きに抱き上げた。

「陛下」

鉄格子の向こうで見張りをしていたアルフォンスが静かに扉を開ける。サーシャの容態を確かめている間、敵兵を一掃しておいてくれたようだ。王妃の帰還を妨げるものなどなにひとつない廊下を、そして階段を、一歩一歩踏みしめながらアルベルトは地上へ戻った。

「陛下！　王妃陛下も！」

「王妃陛下、ご無事でなにより！」

主塔の周りを囲んでいたイシュテヴァルダ軍がいっせいに駆け寄ってくる。アルベルトが地下牢に行っている間、背後から敵に襲われないよう身を挺《てい》して守っていてくれた精鋭部隊だ。その後ろには連合軍を率いたヴィンセントや、アドレア駐留軍の姿も見えた。

「皆、よくやってくれた。胸を張って国に帰ろう」

「おおお！」

「王妃陛下のご帰還だ！」

「陛下万歳！　イシュテヴァルダ万歳！」

皆でよろこびを噛み締めていた時だ。

数人のガムラスタ人の男が城の奥から現れた。身なりから察するに高貴な身分のものたちだろう。甲冑を着たものはひとりもおらず、軍服どころか胴着すら身につけていない。

おそらく避難のタイミングを逃し、意を決して出てきたところなのだろう。イシュテヴァルダ軍を見るなり「ヒッ」と悲鳴を上げる。さらには、王自ら王妃の奪還にやってきたと知って「なんという命知らずな」と響《どよ》めいた。

アルベルトはサーシャを腕に抱えたまま男たちを睥睨《へいげい》する。昇りゆく朝日を受けて、赤い髪が炎のように輝いた。

「命知らずというのは、命を粗末にするもののことだ。おまえたちの王のようにな」

それを口にしただけで湧き上がる怒りに引き摺《ず》られそうになる。

だが、ここで感情を爆発させてはならない。なにより優先すべきはサーシャの身の安全だ。

「俺には、命に替えても守らなければならないものがある。それは国と、民と、愛する家族だ」

もう一度サーシャの顔に目を落とすと、アルベルトは大きく息を吸いこみ、毅然と告げた。

「帰ってガムラスタ王に伝えろ。必ずこの償いはしてもらうとな。追って制裁を科すからそのつもりでいろと」

力強く言い放つなり、アルベルトは濛々と土煙が上がる中を城門に向かって歩きはじめる。

その迫力にガムラスタの男たちはおろか、難を逃れたガムラスタ兵でさえ動くこともできないまま黙って見送るばかりだった。

王の後ろにイシュテヴァルダ軍も続く。

アルベルトは城門の前で後始末をしていた連合軍に合流し、目的の達成を報告した。

「このたびのことは、関係各国のご協力があってのことと心より感謝を申し上げます。アドレア駐留軍殿、ローゼンリヒト軍殿、リッテンドルフ軍殿。この礼は、必ずや、あらためて」

それぞれの軍を率いた司令官が敬礼で応える。

「作戦成功おめでとうございます。リッテンドルフとしても活躍の機会をいただけて光栄でした」

「ローゼンリヒトからも奪還成功にお慶びを申し上げます。ご無事でなによりでした」

「この吉報を一刻も早く国に伝えとう存じます。アドレア王も安堵なさるでしょう」

「どうかくれぐれもよろしくお伝えください。イシュテヴァルダの王が深い感謝を捧げていたと」

各軍は一礼すると、怪我人たちの救護を行い、戦果をまとめ、慌ただしく解散していった。

それを見送って、イシュテヴァルダ軍も引き上げるための準備をはじめる。

そんな中、アルベルトは担架を断り、サーシャを腕に抱いたまま野営陣地へと自ら歩いた。そこに待機させている医師に応急処置をしてもらうまで決して離すわけにはいかない。

——おまえはこんなに軽くなってしまったのか……。

「……っ」

青白い顔で目を閉じるサーシャを見下ろすたびに胸が掻き毟られるようだ。愛しさと、安心感と、彼を危険な目に遭わせてしまった自責の念、そして命より大切な伴侶に蛮行を働いたガムラスタへの憎悪で心は千々に乱れていく。

アルベルトは無言のまま、愛しい重みを噛み締めるように歩き続けた。

＊

ぼんやり目を覚ますと、そこは知らない世界だった。

右を見ても、左を見ても、覚えのあるものがなにもない。いったいここはどこだろうと思い巡らせながらゆっくりと起き上がった青年は、部屋の隅から上がった「サーシャ様！」という悲鳴にも似た声に驚いてそちらを向いた。

年は十八、九歳ほどだろうか。頬にあどけなさを残した少年は駆け寄ってくるなり、勢いよく顔を覗きこんできた。

「サーシャ様、気がつかれたんですね。ご気分はどうですか。どこか痛いところはありませんか」

「え…、と……？」

「城に戻られた時は顔色が真っ青でとても心配しました。その上、三日も眠ったままだったから……このまま目を覚まさないんじゃないかって、みんなすごく心配していたんですよ。おひとりで大変な毎日をお過ごしだったんですね。こうして無事に戻られてほんとうに良かった……」

少年は目に涙を溜《た》め、何度も鼻を啜《すす》り上げる。

「もう大丈夫。もう大丈夫ですからね」

そう言ってやさしく背中をさすられてもなお、青年はぽかんとするしかなかった。

よろこんでくれているところに水を差すようで申し訳ないのだけれど、彼がなにを言っているのか全然わからなかったからだ。

「あの……おかしなふうに聞こえたらごめんなさい。言われていることがよくわからなくて……」

「サーシャ様？」

「ぼくの名前はサーシャというのですか？」

「え？」

今度は少年がぽかんとする番だった。

「や、やだなぁ。サーシャ様はサーシャ様じゃないですか。きっと寝起きで混乱されてるんですね。おれのことはわかりますよね？　世話係のクラウスです。ほら、侍従のテオドルの弟の」

　そう言って、クラウスと名乗った少年はにっこり笑う。人懐っこい笑顔は見ているだけで気持ちがパッとあかるくなるようだ。

　それでも、サーシャが返答できないでいるうちに笑みはみるみる萎《しぼ》んでいった。

「それじゃ、ガムラスタに攫われていたことは覚えていますか？　レマーノ湖の畔で誘拐されて……陛下自らイシュテヴァルダ軍を率いて助けにいかれたんですよ」

「ガムラ、スタ……レマーノ……イシュ、テ…、……ルダ……」

　固有名詞らしき単語を鸚鵡《おうむ》返しにくり返しても心に響くものはない。

　なにを話しても反応しないサーシャを見ていよいよ危機感を募らせたらしいクラウスは「あのっ」と声を張り上げた。

「サーシャ様はこの国の王妃陛下です。熱心に慈善活動をされていました。レマーノ湖に行ったのもその帰りだったと聞いています。湖の畔に建つ平和記念碑によくお祈りをされていたと」

　なにかひとつでも記憶に引っかかってほしい、そんな必死さがクラウスの顔に滲み出ている。

「そう、なんですね……？」

　それでもサーシャの中に符合するものは見つからなかった。

　自分ががらんどうになってしまったみたいだ。彼が語る昔の自分がどこか遠い他人に思える。

ぼんやりとクラウスを見つめていると、彼は一度眉根を寄せた後で「お医者様を呼んできます」と勢いよく部屋を出ていった。ベッドに腰かけたまま見るともなしに部屋の中を眺めていると、今度はバタバタというたくさんの足音が近づいてくる。

音を立ててドアが開いたかと思うと、数人の男性が駆けこんできた。

「サーシャ！　目が覚めたか！」

そう言ったのは赤い髪の男性だ。頬を上気させ、うれしくてたまらないというふうに大股で部屋を横切ってくる。その後ろには金髪の美しい男性と、白い髭を生やした老人の姿もあった。

「目が覚めたばかりで少し混乱していると聞いた。気分はどうだ。痛むところはないか」

「はい。身体はどこも」

「そうか、良かった。あぁ、狼耳や尻尾も消えたようだな。よく寝て体力が回復した証拠だろう」

「……狼耳？　尻尾？」

聞き捨てならない言葉に首を傾げる。

けれど、男性はしみじみと目を細めるばかりだった。

「おまえを地下牢で見つけた時は驚いた。あと少しで狼の姿になるところだった」

「狼に？　ぼくが、ですか……？」

「あぁ。だからこうして元気になってくれてほんとうに良かった。念のため医者にも診てもらおう」

男性はそう言って、後ろにいた白髭の老人を手招きする。

彼が鞄《かばん》から道具を出して並べている間、赤い髪の男性はクラウスを見てにっこり笑った。

「サーシャの混乱も落ち着いたようだな」

「申し訳ございません。でも先ほどまでは、確かに……」

「ははは。おまえを疑っているわけではない、安心しろ。……それにしても、三日もよく眠ったな。それだけ寝続ければ寝惚《ねぼ》けたとしても無理はない。なぁ、サーシャ」

　赤い髪の男性が朗らかに笑いながらこちらを見る。

「今はもういつものおまえだろう？」

「え、えっと……」

「あぁ、いきなりそう訊かれても困るか。ならば、俺の名前は言えるか？」

「あの……はじめてお目にかかるように思うので、失礼ですが教えていただけませんか？」

「サーシャ？」

　男性が目を瞠った。

「俺だ。アルベルトだ。わかるだろう」

「アルベルト、様……」

「そうだ。ここにいるフランシスも、おまえが城で暮らし出してから長いつき合いになるだろう」

「フランシス様……」

「王妃陛下。私に敬称をおつけになるなど、どうなさったというのです」

フランシスも険しい顔つきでこちらを見る。

戸惑うふたりと目を見開く医師、それから痛々しい表情のクラウスを見回し、サーシャはぺこりと頭を下げた。

「まずはご挨拶をさせてください。……はじめまして、アルベルト様。フランシス様。クラウス様。お医者様。ぼくの名前はサーシャといいます」

「………！」

自己紹介をした途端、一同が息を呑む。

そのあまりに愕然とした様子に、サーシャは自分がいけないことをしたらしいと怖くなった。

「これはどういうことだ。なにが起きている」

アルベルトに押し殺したような声で問われ、医師が前に進み出る。

彼は「失礼いたします」と断った上でサーシャの袖を捲《まく》り、脈を取りはじめた。それから目や舌、喉を順番に観察される。横になって身体のあちこちを曲げたり伸ばしたり、さらには押されたりして、ようやくのことで解放された。

「お身体を拝見いたします限り、王妃陛下の健康状態は問題がないように思われます。怪我もだいぶ治りつつありますし、傷痕も薄くなって参りました」

「ならばなぜ」

アルベルトが医師に詰め寄る。

　老医師は眉根を寄せ、一度唇を引き結んだ後で静かに息を吐き出した。

「これは私の推察になりますが……おそらく一月以上監禁され、強いストレスに晒され続けたことで一時的に記憶が混乱しているものと」

「だったらいつもとに戻るというのだ。命懸けでガムラスタから奪い返してきた。それなのになお、サーシャに会えないというのか。いつになったら俺はサーシャを取り戻せる！」

「陛下」

　声を荒げるアルベルトをフランシスがすかさず止める。

「これは医師が決められることではございません。どうかお心をお鎮めください」

「……っ」

　アルベルトは我慢ならないとばかりに拳を握り、それをぶるぶるとふるわせながら、ただひたすら唇を噛んだ。

「陛下。ご心中お察しいたします。ですが、今は根気強く待つしかございません。どうか王妃陛下のためにも今しばらくのお時間を」

　医師は深々と一礼し、診察鞄を抱えて部屋を出ていく。

「すまないが、ふたりだけにしてくれ」

　アルベルトの言葉に、クラウスやフランシス、それに大勢の侍従たちも皆寝室を出ていった。後に残ったのはサーシャとアルベルトだけだ。

その彼がふり返り、目が合った瞬間、空気が切迫感を増すのがわかった。

「サーシャ」

苦しげに眉を寄せながらアルベルトがすぐ前に立つ。その眼差しはヒリヒリと痛いほどで、じっと見つめられていると彼の瞳にすべてを灼《や》かれてしまいそうだ。

アルベルトは真意を探るように目を眇《すが》め、それから静かに嘆息した。

「そうしていると、まるでいつものおまえに見える。……サーシャ。おまえはほんとうにわからなくなってしまったのか？　俺の顔を見てなにか少しでも思い出したりしないか？」

「え、と……」

なんと答えるべきか考え倦《あぐ》ね、首を傾げた拍子に銀色の髪がサラサラとこぼれる。

それをやさしく掬い上げる手があった。アルベルトの手だ。

「おまえはいつもそんなふうに笑ったな。俺の顔を見上げるように小さく首を傾けて……そうするといつも髪が肩からこぼれた。それを見るのが好きだった……」

話しながらアルベルトはぐしゃりと顔を歪める。

彼が掬った髪の一束に静かに唇を寄せるのを、サーシャは意味もわからず見守った。

なぜ、そんなことをするのだろう。

なぜ、そんなに苦しそうなのだろう。

彼は他の人とあきらかに違う表情をする。

けれど、その意味を訊ねてはいけないような気がした。

「……サーシャ」

絞り出すように名を呼ばれたかと思うと、肩に手を置かれる。そのままグイと引き寄せられ、抱き締められそうになったサーシャは、驚きのあまりとっさに手をふり払った。

「あ…」

それが、決定打だった。

アルベルトもまた目を瞠り、信じられないものを見るような顔でこちらを見る。目が合った彼は、これ以上の現実を拒むようにきつく目を閉じ項垂れた。

「………そう、だったな。知らない男に抱き締められたら嫌だな。すまなかった」

ゆっくり身体が離れていく。俯《うつむ》いた表情はよく見えず、ただ真一文字に引き結ばれた唇だけが強く脳裏に焼きついた。

どうしてだろう、胸の奥がザラリとなる。

アルベルトは己を律するように大きくひとつ深呼吸すると、近くの椅子を持ってきて、サーシャを怖がらせないよう距離を取った上で腰を下ろした。

「少し、話をしよう。今のおまえをきちんと知りたい」

先ほどまでとは打って変わった落ち着いた声だ。自分自身をコントロールすることに慣れている人なのかもしれない。

「自分の名前は覚えていたか」

「いいえ。クラウス様に教えていただきました」

「あれはおまえの世話係だ。クラウスと呼べ」

「え？　でも、お世話になった方なのに……」

戸惑っている間にもアルベルトの質問は続いた。

「今、どこにいるかわかるか」

「いいえ」

「イシュテヴァルダという国に聞き覚えは？」

「いいえ……」

首をふるたび彼の顔が曇っていく。アルベルトは少し考えるように間を置いた後で、「ならば」とあかるく声色を変えた。

「これならどうだ。おまえの好きな食べものは？　たくさんあるぞ。なんでもいい」

アルベルトがやさしく笑う。自分を萎縮させないようにと気を遣ってくれているのだ。

それでも思いつくものなどなく、かと言ってなにも答えないわけにもいかず、サーシャは頭の隅に浮かんだ食べものをあてずっぽうで言葉にした。

「粥《かゆ》…、でしょうか？」

「粥？」

「大麦を挽《ひ》いたお粥、とか……」

そう言った瞬間、アルベルトが息を呑む。彼は二度、三度と無言で瞬きをくり返した後で、静かにため息をついた。

「謝らなくていい。それに、子供の頃におまえが大麦粥を食べていたのはほんとうだ」

「あの……すみません。期待されていた答えとは全然違ったんですね」

「え？」

それは意外な一言だった。

「アルベルト様はぼくの小さい頃もご存じなんですか？　もしかして、ぼくのお兄様とか……？」

アルベルトがまたも答えに詰まる。けれど今度はため息ではなく、彼は寂しそうに苦笑した。

「確かに、俺に弟はいた。生きていたらおまえと同じ年だ。もう亡くなってしまったが」

「……っ。それは、申し訳ないことを伺ってしまいました」

「昔と同じ反応をするんだな」

アルベルトがぽつりと呟く。

サーシャがその意味を問うより早く、彼は驚くようなことを打ち明けた。

「おまえが俺の弟だったら、さすがに伴侶には迎えられまい。それでは困る」

聞けば、彼と自分は夫々《ふうふ》なのだそうだ。さらにはこの国の王と王妃だという。

「え？　だってあの、アルベルト様もぼくも男性では……？」

「あぁ、そうだ。それに俺は人間、おまえは人狼だ。かつて俺たちは敵同士だったんだ。いくつもの命を犠牲にしてきた――」

アルベルトは遠くを見るような目をすると、ゆっくりとこれまでのことを教えてくれた。人間である彼は、大恋愛と紆余曲折《うよきょくせつ》の末に、人狼の自分を伴侶に迎えた。それによって長きに亘る敵対関係を終わらせた自分たちは、今や『種族の分断を乗り越えた象徴』と呼ばれているという。

種族も違う同性を生涯の伴侶にするなんて想像もつかない。ましてや敵同士だった相手を、人生のたったひとりに選ぶだなんて。

きっと、彼も自分も大変な思いをしたのだろう。悔しさも、苦しさも、そのすべてをお互いの愛で乗り越えてやっとここまできたのだろう。

それなのに、自分の中にはなにひとつ残っていない。まるで記憶が分断されたみたいに……。

いたたまれなくなったサーシャは窓の外に視線を逃がした。

ベッドからでも眼下の景色がよく見える。蜂蜜色の煉瓦造りの家々や教会、そしてその向こうには青い針葉樹の森が広がっていた。

どうしてだろう。森を見ているうちにどこか懐かしい気持ちになる。

ほっとしたことで表情も和んだのか、アルベルトが静かに微笑むのが気配でわかった。

「おまえは、あの森の奥に住んでいたんだ」

「森に……」

そう言われても驚かなかった。むしろ、すとんと腹落ちしたくらいだ。

「不思議ですね。自分でもそんな気がします」

記憶ではなく本能が覚えている。青い木々に囲まれた中に、魂の拠《よ》り所のような場所があったこと。自分が自分でいられた場所が確かにそこにあったと確信する。

なにかに突き動かされるように寝台を下り、そのままドアに向かいかけたところで、慌てて追ってきたアルベルトに腕を摑まれ止められた。

「どこへ行く」

「帰ります」

「帰る？　おまえのいるべき場所はここだ」

「いいえ。あそこに。ぼくの家に」

「……！」

その瞬間、アルベルトはかつてないほど目を見開いた。

「そんな……自分が誰かもわからないのに生まれ育った森はわかるのか。俺が誰かもわからないのに家族のことは覚えているのか。そんな……そんな…………」

アルベルトは最後の支えを失ったようにその場に崩れる。

「きっと俺のせいだ。俺があんなことを言ったせいで、取り返しのつかないほどおまえに怖い思いをさせてしまった罰だ。謝って済む話ではない。ほんとうに、すまなかった」

「アルベルト様……」

呻《うめ》くように紡がれた言葉のひとつひとつが見えない矢となってアルベルトの上に降り注いだ。

言われたことの意味はわからないけれど、それでも今は彼を慰めたくて、サーシャは目の前に膝をつくと夢中で大きな手を握る。

アルベルトがハッとしたように顔を上げた。

その顔が今にも泣き出しそうに歪むのを見て、元気を出してほしくて微笑んでみせる。

それでも、いやだからこそ、彼の目からは涙がこぼれるばかりだった。

サーシャが目を覚ましてから数日が経った。

その間に身体はすっかり元気になったが、依然として記憶が戻る気配もない。

ただひとりの青年に戻ってしまった彼に他人行儀にされるのは辛く、けれど放ってはおけなくて、アルベルトは己の感情を押しこめながらじっとサーシャに向き合い続けた。

いよいよ秋も深まり、風も冷たくなってきたというのに、サーシャはそんなことなどお構いなしに窓を開けては針葉樹の森を眺めている。まるで閉じこめられた籠の中から自由を望む小鳥のようだ。

寂しげな後ろ姿を目にするたびにアルベルトは自問自答せずにはいられなかった。

――おまえに、ここにいてくれというのは間違いなのか……？

胸に浮かんだ疑問をかき消すように、アルベルトは大きく頭をふる。

なにを考えている。彼は伴侶だ。この国の王妃だ。なにより、自分の魂の半身だ。

――けれど、その半身が自由になりたいと望んだら……？

「……っ」

アルベルトは唇を引き結び、ジクジクと痛む胸を押さえた。

いけない。これから両親がやってくる。ただでさえサーシャを心配して見舞いにきてくれるのだ。自分まで動揺したところを見せてはならない。

アルベルトは自身にそう言い聞かせると、王としての顔に戻った。

「陛下」

そろそろ時間のようだ。

フランシスに促され、王妃の私室を訪れると、サーシャは身嗜みを整えているところだった。

「サーシャ」

こちらを向くなり、彼はパッと顔を輝かせる。誰ひとり知り合いのいない城の中で、見知った顔を見つけた時の安堵の表情だ。これが愛し合っていた頃のような満面の笑みだったらどんなにいいだろうと、温度差に気づくたび心の奥がザラリとなった。

「仕度はどうだ」

「はい。整いました」

「そうか。ならば行こう」

今日、誰が来るかをサーシャには教えていない。なにかの弾みに記憶が戻ればと思ってのことだ。

応接間に入るとすぐ、両親もやってきた。

「サーシャ！　心配していたのですよ。無事に戻ってくれてほんとうに良かった……！」

顔を合わせるなり、ヴィクトリアがサーシャの前に駆け寄ってくる。愛しい息子の無事を確かめるように両手で頬を包み、顔を覗きこむと、そのまま彼をぎゅっと抱き締めた。

「あなたにもしものことがあったらと思うと生きた心地がしませんでした。あぁ、ほんとうに戻ってきてくれたのね。私の大事なサーシャ。良かったわ」

ヴィクトリアは少し腕をゆるめてはサーシャを見つめ、また感極まったように抱き締めて、何度も何度もその感触を確かめている。その後ろでは父ベルトルドも感慨深げに頷いていた。

「さぁ、ゆっくり話しましょう。会えずにいた間を埋めさせてください」

ヴィクトリアが身体を離す。

頬を上気させた彼女とは対照的に、サーシャの顔は強張ったままだ。

「サーシャ。このふたりのことはわかるか？」

横からそっと問いかけると、サーシャは申し訳なさそうに首をふった。

両親が小さく息を呑むのがわかる。あらかじめサーシャの症状は伝えてあったが、やはり目の前でそうと知ればそれなりにショックもあるだろう。

「こちらは俺の両親だ。おまえにとっては義理の両親でもある。こちらは父のベルトルド。こちらが母のヴィクトリアだ」

「ベルトルド様……ヴィクトリア様……」

「そうだ。おまえととても仲が良くてな、こうして四人でお茶会をしたこともあった。母もおまえも甘いものに滅法弱い。いつも楽しそうにおやつの話をしていたぞ」

　記憶が戻るきっかけになればと思いつくまま伝えてみたが、サーシャの表情は初対面の相手に向けるものから変わることはなかった。

「すみ、ません……」

「いいんだ。焦ることはない。今日はおまえの元気な姿を見せたかっただけだ」

「そうですよ、サーシャ。あなたが戻ってきてくれたことがなによりうれしいのですから」

　サーシャが申し訳なさそうに頭を下げる。

　これから医師の診察があると彼が部屋を出ていくなり、応接間には重たい空気が流れた。

「あれが、記憶をなくすということなのですね。あんなにも慕ってくれていたのに……」

「忘れられてしまうというのがこんなにも堪《こた》えるものだとはな」

　ベルトルドは長いため息をついた後で、慮るようにこちらを見た。

「おまえが心配だ、アルベルト」

「父上」

「どうか早まったことはするな。サーシャを追い詰めることもするな。今はただ、待つ時だ」

父の言うことはいつだって正しい。普段口数が多くないからこそ、発せられる一言に重みがある。

頭ではそうとわかっていても、耐えるしかない現実というのは苦しいものだ。終わりが見えないからこそ、ともすると溺れてしまいそうになる。

「庭に出ましょう」

知らぬ間に俯いていたのか、ヴィクトリアがやさしく声をかけてきた。

「引き籠もっていては身体に良くないと私に言ってくれたのはあなたですよ、アルベルト。秋の庭の美しさが私たちの心を慰めてくれるでしょう」

促されるまま、三人で城の前に広がる庭園に出る。ヴィクトリアの命令で侍従は最小限に抑えられ、かつ離れて歩くよう指示された。

こうして親子水入らずで歩くのはどれくらいぶりだろう。

即位してからは政務に追われてそれどころではなく、結婚してからはいつもサーシャが一緒にいたため、記憶にあるのは遠い昔の子供の頃だ。弟のユリウスが生きていた頃、もう二十年近く遡る。

ユリウスが亡くなって、家族は壊れた。

自分たちがもう一度家族になれたのはサーシャのおかげだ。

だが今、そのサーシャが記憶をなくしたことで家族は大切なピースを失いかけている。いつか戻る、必ず戻ると己に言い聞かせながらも、運を天に任せるしかない現実の中で踠《もが》いている。

そんな遣瀬《やるせ》ない思いを胸に歩く秋の庭はシンと美しく、そしてどこかもの悲しかった。

「どうして、こうなってしまったのでしょうね」

枯れ落ちる花を見ながらヴィクトリアがぽつりと呟く。

「あの子にはなんの罪もないのに……。幽閉されてどんなに怖かったでしょう。その上、大切な記憶まで奪われて、ただひとり自分だけが自分を知らずに生きている。……それはきっと、私たちが思う以上に苦しく歯痒いことなのでしょうね」

「自分だけが、自分を知らずに……」

想像したこともなかった。周囲の人間全員が過去の自分を知っている中、自分だけがそれを知らないということがどれほど恐ろしいものなのか。どれほど心細いものなのか。

「俺は、サーシャになにをしてやれば……」

どうすればもっと楽にしてやれるだろう。どうすればもとに戻してやれるだろう。

答えのない問いを続ける息子を見ながら、ヴィクトリアは痛みをこらえるように眉根を寄せた。

「ガムラスタは……あの国の王は、何度過ちをくり返せば気が済むのでしょう」

「母上」

「たとえ生まれ育った母国であっても、あの王室が自分のルーツだと思いたくありません。あの国はイシュテヴァルダを苦しめ、私を苦しめ、私の家族さえ苦しめ続ける……！」

「ヴィクトリア」

語調荒く胸の内を吐き出す妻をベルトルドがやさしく引き寄せる。これまで何度となくそうやって慰めてきたのだろう。それはつまり、それだけ隣国に苦しめられてきたということだ。

サーシャの件に留まらず、ガムラスタは母の人生を翻弄し、父や祖父を幾度となく戦場に引き摺り出した。さらにはイシュテヴァルダの王位継承権まで主張し、この国を乗っ取ろうとしている。

そんな危険な隣国をこのままにしておくわけにはいかない。

「父上。母上。かくなる上は、ガムラスタと徹底抗戦すべきではないでしょうか」

「アルベルト」

「彼《か》の国には制裁を行うと宣言してあります。けれど、そんなものでは生ぬるい。徹底的に屈辱を晴らし、二度とイシュテヴァルダに対しておかしな真似をしないようわからせるべきでは」

これまで幾度となく話し合いの場を設けた。その結果、和平条約を結び、記念碑も建てた。

だが、そんな歩み寄りさえ一方的に踏みつけてくるのがガムラスタだ。ならばもう力で捻じ伏せるしかあるまい。そうでもしなければこの悔しさは晴らせない。

けれど、ベルトルドは首を横にふるばかりだった。

「それはならぬ。王は感情的になってはならない」

「ですが、父上！」

「狼の殲滅を命じた時のことを思い出せ。あの時おまえはユリウスの仇《かたき》を取るために、感情に任せて狼を根絶やしにしろと国中に命じた。その結果、なにが起きた？」

アルベルトはハッと息を呑む。

自分がそう言ったせいで、サーシャから父親や仲間を奪ってしまった。彼に『人間を憎んではいけないよ』と言い聞かせたやさしい父親を。森の奥で細々と暮らしていただけの仲間たちを。

「ガムラスタ王のしたことは決して許されるべきことではない。だが、ガムラスタの民に罪はない。彼らは心やさしい隣人なのだ。敵ではない」

「……っ」

アルベルトは唇を引き結び、父の言葉を噛み締めた。

そうだ。今ここで二国が争ったらエドガーはどうなる。シャーロットはどうなる。ふたりのように国境で分断されながらも心を通い合わせているものたちは悉《ことごと》く引き裂かれてしまう。

本心を言えば自分だって、母の母国に刃《やいば》を向けたくはない。けれど、愛する人を苦しめたことへの報復をしなければ気が収まらない。なによりこれは国と国との問題でもある。息子として、男として、そして王として、三《み》つ巴《どもえ》の思いに雁字搦《がんじがら》めにされるばかりだ。

こんな時、ただひとりの人間として選択できたら。心のままに動けたならどんなにいいだろう。

「おまえの気持ちは手に取るようにわかる。かつて私も同じことを考えた」

「父上」

「だからこそ、もう一度言う。王は感情で動いてはならない。我々の後ろには民がいる。彼らを守ることが王の役目だ」

ベルトルドの言葉が胸に刺さる。あらゆる苦難を乗り越えてきた父の静かな眼差しを受け、アルベルトは自分を抑えるしかなかった。

少なくとも、自分は孤独ではない。この気持ちをわかってくれる人がいる。父がいる。そう思えただけでもしあわせなことだ。

「……わかりました。父上」

「しっかりな」

目を見返し、アルベルトは頷く。

そうすることで懸命に己を奮い立たせようとしていた。

気がつくと、そこは暗い牢獄だった。

冷たい石壁に凭《もた》れるようにして目を開けたサーシャは、いつの間にか自分が後ろ手に縛られ、壁につながれていたことを知る。少し身動《みじろ》いだだけでも鎖がジャラッと嫌な音を立てた。

ここはどこだろう。

なぜこんなことをされているんだろう。

寒いところに長時間放置されていたためか、身体はすっかり強張っている。あちこち痛むところをさすりたくとも縛られているためそれもできず、ただじっと耐えるしかなかった。

遠くからは呻き声のようなものが聞こえてくる。

どうしてだろう……知っている。ここでは一日中、鞭をふるう音や鎖を引く音、拷問に悶《もだ》え苦しむ囚人たちの絶叫が木霊していることを。苦しむ声、泣き喚《わめ》く声、許しを乞う声は四六時中耳を劈《つんざ》き、その合間を縫うようにして鞭が撓《しな》る音がするのだ。自分はそれをただ聞いていることしかできない。

「――――」

一番怖いのは、叫び声が止まった瞬間だ。

ガチャガチャと音を立てて鎖が外され、鉄格子が開き、重たいなにかを引き摺り出す気配がそれに続く。空いた牢にはすぐに別の誰かが連れてこられ、同じように折檻《せっかん》がはじまる。

囚人たちは己の房の前で看守が立ち止まる瞬間を死ぬほど怖れ、自分の番が来ないよう祈るのだ。けれどそんな祈りさえ絶望によって上擦り掠《かす》れ、啜り泣きに変わるばかりだった。

サーシャも同じように牢の隅で身体を丸め、息を潜めて嵐が通り過ぎるのを祈る。

だが残酷にも、看守たちはサーシャの房の前で足を止め、ゆっくりと格子を開けて近づいてきた。

恐怖のあまり無言で首をふるばかりのサーシャにニヤリと嗤い、看守はベルトに挟んだ鞭を外す。

彼が手首を撓らせると鞭の先は弧を描き、空を切り裂くような鋭い音を立ててサーシャのすぐ近くの床を打った。

「ヒッ」

これからあれで打たれるのだ。何度も何度も、息絶えるまで。ガタガタと身体がふるえ、頭の中が真っ白になる。慈悲を訴えたくとも声も出ない。そうする間にも思いきり鞭はふり上げられる。

身体を丸め、歯を食い縛り、固く目を閉じたその時――――。

「………っ」

ハッと目を開く。

その瞬間、世界は一変した。

辺りは薄暗く、朝を待つ静謐《せいひつ》な空気に満ちている。

はぁ、はぁ、と荒い呼吸をくり返しながら手探りでやわらかな寝床の感触を何度も何度も確かめたサーシャは、ようやくのことで自分は夢を見ていたのだと気がついた。

寝間着は汗でびっしょりで、まだ心臓もバクバク鳴っている。深呼吸して落ち着こうとしたものの身体がそれを受けつけずに噎《む》せてしまった。

ベッドの中で身体を丸め、ゲホゲホと咳《せ》きこみながらサーシャは両手で胸を押さえる。

――――助けて。助けて……！

自分のことがわからなくなってからというもの、毎晩のように見る悪夢だ。石の冷たさや鎖の感触、耳元で唸る鞭の音まであまりにリアルで生々しい。何度もくり返し見るうちに、もしかしたら自分は実際は牢に閉じこめられていて、今見ている世界の方が夢なんじゃないかと思えてくる。

――――もし、ほんとうに今が夢なら……。

いつかは目覚める。あの冷たい牢獄に引き戻される。

「嫌だ。やめて。お願い」

サーシャは首をふりながら必死に己を掻き抱いた。

あんな悪夢はもういらない。恐ろしい牢獄ももういらない。あるものみんな手放して、あたたかな場所に逃げこみたい――！

強く願った瞬間、サーシャの身体に異変が起きた。

頭の上には獣の耳が、尾てい骨からは尻尾が生える。全身は銀色の体毛に覆われ、みるみるうちに両の手足が形を変えた。

暗がりが見えるようになり、聞こえる音もより幅広く繊細になったようだ。そろそろとベッドの上に起き上がったサーシャは、窓に映った狼を見て自分が獣化したことを知った。

――これが、ぼく……？

ふさふさとした銀色の毛は夜空に輝くオーロラのようだ。紫色の瞳も人間だった頃と変わらない。だからだろうか、あまり大きな驚きはなかった。自分が人狼というのはアルベルトから聞いていたし、森で暮らしていたとも教えてもらっていたから。

――あぁ、そうか。だから………。

深い安堵に包まれる。

自分はやっと、もとの自分に戻ることができたのだ。これがほんとうの姿なのだろう。

それなら、本来自分がいるべきところへ帰らなくては。

心を決めると頭がすっきりした。立ち籠めていた靄《もや》がみるみる晴れ渡っていくようだ。サーシャは意気揚々と床に下りると、鼻と前肢《あし》を器用に使ってドアを開け、王妃の寝室を抜け出した。

廊下は薄暗く、シンとしている。じきに夜が明けるだろう。

はじめての四つ足歩行に少し心配はあったものの、不思議と身体が覚えているもので、歩くのも、階段を下りるのも楽々とできた。むしろこちらの姿の方が早く移動できるし、走ったり止まったりも機敏に行えるのでありがたい。

そんなことを考えながら、人の気配を避けるようにして主塔を出る。

けれど、城門まであと一歩というところで護衛のひとりが物陰に隠れるサーシャに気づいた。

「おい。なにかいるぞ」

「野良犬かもしれない。気をつけろ」

すぐに仲間が集まってくる。

こうしていては捕まるのも時間の問題と踏んだサーシャは、意を決して茂みの中から飛び出した。

「狼だ！　銀の狼だ！」

「まさか王妃陛下か!?」

「大変だ。至急陛下にお知らせを！」

途端に城門前は大騒ぎになる。

混乱に乗じて一直線に門へ走ったサーシャは、日頃見慣れない狼に慌てふためく護衛たちの足下をするりとすり抜け、そのまま城の外に飛び出すと森を目指して走りはじめた。

途中、人々が自分を見て悲鳴を上げたことに気がついて、身を守るために近くの藪《やぶ》に飛びこんだ。少し遠回りになったとしても追いかけられるよりはマシだ。ましてや捕まったり、石を投げられたりするよりずっといい。

サーシャは気を取り直して、昇ってくる太陽に向かって再び駆け出す。

けれど、いくらも行かないうちに今度は足が疲れてきた。

考えてみれば、獣の姿になってから歩き回るのははじめてのことだ。ましてや全速力で走るなんてやったことがない。はじめから全力を出したせいか、すぐにヘトヘトになってしまった。

——人の姿で歩く方がいいのかな。

そんな考えが過ったが、すぐに心の中で首をふった。

どうやって狼になったかもわからないのに、人に戻る方法なんてもっとわからない。きっと自分はずっとこのままなんだろう。

でも、それでいい。これがほんとうの自分なんだから。

途中休憩を挟みながらも駆け通し、半日ほど経った頃だろうか。

すでに日は天高く昇り、カラリと晴れた秋の空に心地良い風が吹き渡っている。

そんな中、ふと、遠くからすごい速度でなにかが近づいてくる音に気づいてサーシャはハッと立ち止まった。馬だ。馬の蹄《ひづめ》の音だ。こちらに向かって駆けてくる。

木立に隠れてじっと耳を澄ませていると、驚いたことに蹄の音はすぐ近くで止まった。馬から人が下りる音、続いて草木をガサガサと掻き分けながらこちらに近づいてくる音までする。

目だけで辺りの様子を窺うものの、身体を伏せているせいでよく見えない。

旅人だろうか。それとも狩人か。いずれにせよ狼の姿で見つかったら面倒なことになる。ましてや城の追っ手だとしたら連れ戻されてしまうだろう。

——早く行ってくれますように。自分に気がつきませんように。

息を詰め、緊張に包まれながら足音が行きすぎるのを待つ。

けれどサーシャの祈りも虚しく、土埃《つちぼこり》に塗《まみ》れたブーツが目の前に現れた。

おそるおそる視線を上げていくと、ブーツの上には跳ね上がる泥水で汚れたと思しき黒いパンツが、力任せにゆるめられたタイや前ボタンの乱れた上着が、そして息を荒げるよく見知った顔があった。アルベルトだった。

彼は肩で息をしながらじっとこちらを見下ろしてくる。

その目が、ふっとゆるんだ。

「サーシャだな」

——え……？

言い当てるのに躊躇いなど微塵もなかった。どうして。今は狼の姿をしているのに、どうして自分だとわかるのだろう。

驚きのあまり、逃げるのも忘れて見入ってしまう。

静かに近づいてきたアルベルトは目の前に跪くと、まるでそうすることが当たり前だというように狼の自分を抱き締めた。サーシャが抱擁を拒んで以来、一度も触れようとしなかった彼が。

条件反射で逃げようとして、逞しい腕に引き留められる。

「行かないでくれ」

頭上からくぐもった声が降った。

「どうか、俺の傍からいなくならないでくれ。お願いだ」

その絞り出すような切実な声音に、どうしてだろう、心がグラグラと揺さぶられる。

——前にも、こんなことがあった気がする……。

記憶はなくなってしまったはずなのに、なにかが一瞬脳裏を過った。前にもこんなふうに抱かれたことがある気がする。だからだろうか、この人に抱き締められていると不思議と落ち着く。

アルベルトの腕の中でサーシャはゆっくり力を抜いていく。

そんな銀色の狼の背を、彼は何度も何度も撫でてくれた。

どれくらいそうしていただろう。アルベルトの腕がゆっくりと離れていき、代わりに強い眼差しに射《い》竦《すく》められた。

「正直に教えてほしい。おまえにとって、城は牢獄だったか。俺はおまえを閉じこめていたか」

——そんなことはありません。ただ……。

答えたくとも、この姿では人の言葉を話すこともできない。

しかたなしに首をふると意図は伝わったようで、アルベルトはほっとしたように微笑んだ。

「そうか」

そのやわらかな笑みに胸の奥がきゅっとなる。こんなことははじめてだった。自分でもどうしたらいいかわからない。

息を詰めていると、アルベルトにポンと背中を叩かれた。

「城に戻ろう」

――それはできません。

もう一度首をふる。

アルベルトは少し考えた後で、「それなら」と提案をくれた。

「少し散歩をしようか」

――どこへ？　森へ……？

懐かしい匂いのする方角へ顔を向けると、アルベルトは痛みをこらえるように眉根を寄せる。

「おまえを故郷に連れていく時は、すべてを終わりにする時だ。だからその前に、もう一度だけ俺にチャンスをくれ」

それはどういう意味だろう。

よくわからないながらも真剣な表情に押され、サーシャはこくんと頷いた。

アルベルトはゆっくり息を吐き出すと、もう一度サーシャを抱き締める。それから彼は乗ってきた愛馬の鞍《くら》を調整して前の方にサーシャを乗せてくれた。

この時はじめて、従者と思しき男たちが少し離れたところで待機していたことに気づく。

アルベルトは彼らになにかを伝えると、こちらに戻ってきて、サーシャのすぐ後ろに跨がった。

「待たせたな。行こう」

かくして、ふたりだけの散歩がはじまる。

てっきり歩くのかと思っていたから驚いた。どこか遠くへ行こうとしているのかもしれない。

――どこに連れていかれるんだろう。

不思議と怖くはなかった。

それどころか、グンと視線が高くなったことが新鮮でとても楽しい。人だった時ですらこんな高いところからものを見たことはなかったから。

――ほんとうに……？

また、なにかが一瞬脳裏を過る。

少し考えたけれど結局はわからず、サーシャは気を取り直して束の間の散歩を楽しむことにした。

道中の景色は、見覚えがないはずなのになんだか懐かしかった。

もしかしたら、記憶をなくす前の自分が好きだったのかもしれない。何度も通った道かもしれない。

それなのに、どうして忘れてしまったんだろう。彼のこともきっと大切に思っていただろうに。

サーシャはそっとアルベルトを盗み見る。

日の光を受けて赤い髪は燃えるように輝いている。まっすぐ前を見つめる眼差しも、キリリと引き締まった口元も、すべてが雄々しく眩しいほどだ。同性の自分であっても見惚《みと》れてしまう。

それだけではない。彼には、やさしさと忍耐強さが備わっている。

自分とは夫々《ふうふ》だと言っていた。これまでともにしてきた人生のすべてを自分が忘れてしまっても、彼は一度も自分を詰らなかった。自分を怖がらせないようにと常に細心の注意を払い、いつか記憶を取り戻す日を辛抱強く待ち続けてくれた。

——こんな人に愛されていたんだ、ぼくは……。

もったいないほどだと思う。

今の自分にはわからないけれど、きっとしあわせだったのだろう。

自分が記憶をなくさなければ、そのしあわせはずっとずっと続いただろう。

それでも、記憶の代わりに真の姿を取り戻した今、自分たちは次の道に進まなくてはならない。

——この散歩が終わったら、ぼくたちは別々になる。

一心に見上げていると、視線に気づいたアルベルトがこちらを見た。彼は驚いたように目を瞠り、それからすぐに慈しむようにやさしく微笑む。

その笑顔を見た瞬間、胸がぎゅうっと苦しくなった。

これまでとはまるで違う、息が詰まるような強い痛みだ。目の奥がじわりじわりと熱くなって涙が出そうになった。

――なんで……どうして……。

たまらずサーシャは下を向く。労るようにやさしく頭を撫でられるのさえ苦しくて、ぎゅっと目を閉じ痛みに耐えた。

途中で何度か休みながら、馬の背に揺られること数時間。

いつの間にか日もとっぷりと暮れ、辺りは暗くなっていた。

「すまなかったな。少しと言いながら長旅になった。疲れただろう」

アルベルトはそう言って、サーシャを馬から下ろしてくれる。

地面に下りた途端、水の匂いを強く感じた。かすかに水面《みなも》が揺れる音もする。狼耳や鼻を小刻みに動かしながら様子を探るサーシャに、アルベルトは「レマーノ湖だ」と教えてくれた。

――なんとなく、覚えがある。

詳しいことはわからないけれど、なんだかそんな気がするのだ。

すぐ横にいるアルベルトを見上げると、彼は答えるように頷いてくれた。

「おまえがよく来ていた場所だ。馬車で三日もかけてな」

馬車は移動に便利な反面、整備された道を必要とする。そのため、城からここまで来ようとすると大きく迂回しなくてはならないこともあり、中一日かかるのだそうだ。馬なら直線距離を走れるため半日もあればよく、今回の散歩はさらに距離が短かったこともあって数時間で着いたとアルベルトは続けた。

「ここで休もう」

促されるまま、立派な記念碑の傍らに並んで座る。

夜の湖は暗く静かで、眩《まばゆ》いばかりの月光を映してきらきらと輝いていた。

「覚えていないかもしれないが、ここはおまえが攫われた場所だ」

――え？

驚いてアルベルトを見上げる。

彼はまっすぐ湖面を見つめたまま、噛み締めるように続けた。

「奇跡が起こるというこの場所で、俺はおまえを失い、戦勝祈願さえ打ち砕かれた。父上にとっては記念の場所でも、俺にとっては苦しいばかりだ」

アルベルトが傍らの記念碑を仰ぐ。

「現に、もう一度おまえを失おうとしている。散歩と称して時間を引き延ばしているに過ぎない」

――アルベルト様……。

自身を抉るような言葉に胸がズキッと痛くなる。自分が記憶をなくさなければ、彼はこんな思いをしなくて済んだのに。

けれど、それは考えても詮ないことだ。もうこうなってしまったのだから。

――早く森に帰らなくちゃ。

吸い寄せられるようにそちらに目をやるのを見て、アルベルトは辛そうに眉根を寄せた。

「そうだな。今のおまえはそうなのだろうな」

小さく呟いた後、彼は「だが」と力強く続ける。

「俺はおまえを諦めたくない。おまえをもとに戻せるのなら、どんな代償もよろこんで払おう」

――え……？

それはどういう意味だろう。

不思議に思って見ているサーシャの前で、アルベルトは湖畔に跪くと、そっと指先を湖水に浸す。

彼が触れたところから幾重にも波紋が広がり、湖面に映った月の光が木の葉のようにさざめいた。

音はなく、声もなかった。

ただそこには渇望にも似た、厳かな願いがただひとつあった。

アルベルトは濡らした指で三度十字を切ると、胸の前で両手を組み、静かに祈りはじめた。

「我らを守り導くレマーノの神よ。国境にして神秘なる湖よ。我が祈りを聞き届けたまえ」

夜の湖に彼の声だけが朗々と響く。

「我はイシュテヴァルダの王、アルベルト。この身とこの命を捧げて祈る。どうか我が愛する伴侶にもとの光を与えたまえ。彼の記憶と、彼の姿を取り戻せるならどんな代償も厭《いと》わない」

――！

驚きのあまり、祈りの最中ということも忘れてサーシャはアルベルトに体当たりした。

「サーシャ」

――なにをおっしゃるんですか。国王陛下が命を差し出すなんて！

悪い冗談にしか聞こえない。

けれどサーシャがどんなに吠《ほ》えて訴えても、アルベルトは首をふるばかりだった。

「俺は奇跡を乞うのだ。現実ではどうしようもないことを叶えてほしいとな。ならば、相応のものと引き換えにしなくては」

――でも！　そんなことをしたら……。

自分はもとに戻るかもしれないけれど、代わりに彼がいなくなる。それじゃ戻っても意味がない。むしろ戻ってはいけないはずだ。

アルベルトの上着の袖に噛みつき、力任せにグイグイ引っ張る。自分に怒ってもなんでもいいから考えを変えてくれればと思ったけれど、彼はやさしく微笑むばかりだった。

「大丈夫だ。おまえにはたくさんの仲間がいる。城に戻ればそれなりに暮らせるはずだ」

――違います。そうじゃなくて！

「それに、やはりおまえをひとりで森の家に帰すわけにはいかない。寂しい思いはさせたくないのだ。自分が誰かもわからないままひとりぼっちで生きるのは辛いだろう。だから、わかってくれ」

――なにを言っているんですか、アルベルト様！

彼ひとりで納得してしまって、自分だけが置いていかれるようで怖い。未来の寂しさなんかより、今この瞬間の胸の痛みに耐えられない。

「俺になにかあったとしても、イシュテヴァルダが終わることはない。エドガーが立派に次の役目を果たしてくれる。だから、大丈夫だ」

——待って、アルベルト様！　お願いですから！

言葉が通じないのを今ほどもどかしく思うことはなかった。人間の姿だったら彼と話ができるのに。自分の心にあるものすべてを伝えることができるのに。

——アルベルト様がいなければ意味がない。アルベルト様でなければ意味なんてないんだ！

ウオォォ————ン………！

こみ上げる思いのまま咆哮を上げる。

「サーシャ。許してくれ。もう二度と告げまいと思っていたが……おまえが好きだ。愛している」

息もできないほど抱き締められて、胸がぎゅうぎゅう痛くなる。

それなのにどうしてだろう。そんな痛みさえうれしいと感じる自分がいた。はじめて対面した時は抱き締められそうになっただけで戦《おのの》いていた自分が。彼に愛していると告げられて、こんなにも胸の奥が疼《うず》くだなんて。

——もしかしてぼくは、アルベルト様を……？

けれど、それを確かめる間もなく抱き締めていた腕は離れていく。

アルベルトは湖に向き直ると、自らを差し出すように両手を広げた。

「神よ。我が祈りを聞き届けたまえ。我が伴侶に光を！」

――いけません。アルベルト様！

無我夢中でアルベルトに飛びつく。

――神様。この方をお救いください。ぼくはどうなってもいいから、アルベルト様を……！

「神よ。我が伴侶をお救いください。この命と引き換えに、どうか……！」

声にならない必死な声と、覚悟を決めた凜とした声。

ふたつの強い願いが重なった瞬間――サァッ……とあたたかな風が吹いた。

導かれるようにして顔を上げると、湖面がかすかに揺らいでいるのが見える。細波が立つに従って水面に映る月光は砕け、百万の光の粒のように湖全体に広がっていった。

レマーノ湖が金色の光に覆われ、きらきらと輝きはじめる。

生まれてから一度も見たことがない、想像すらも追いつかない、それは夢のような光景だった。

――……。

神秘的な美しさに息をするのも忘れてじっと見入る。

湖を覆っていた光の粒は、やがて一箇所に集まると、ふたりのいるところから湖の中央に向かって一本の橋のように並んだ。まるでふたりの願いを天に届けようとするかのように。

――きれい……すべてが浄化されていくみたい………。

圧倒されているうちに光は徐々に立ち上り、視界いっぱいを眩しく覆う。

　ふっと意識が遠退《とおの》いたと思った次の瞬間、サーシャの身体を覆っていた銀の体毛がすうっと消えた。狼耳や尻尾もなくなり、四つ足は伸びてもとの人間の手足に戻る。左右の手を確かめ、慌てて身体を見回そうとしたサーシャは、以前にも似たようなことがあったと気がついた。

「ぼく……」

　そう。確かに前にもあった。

　見世物団体の地下牢に囚われ、獣化してしまった自分を助け出してくれたのはアルベルトだった。彼は、危険も顧みず命懸けで飛びこんできてくれたばかりか、狼の姿であっても一生傍にいてほしいと想いを伝えてくれたのだ。

　どうして、そんな大切なことを忘れていられたんだろう。

　ゆっくりと瞬きを確かめ、長い眠りから覚める思いで傍らのアルベルトを見上げた。

「……サーシャ……？」

　躊躇いがちに、けれど食い入るように名前を呼ばれ、心臓がドクンと跳ねる。

　あぁ、この目だ。この声だ。自分の愛を捧げるべきは。自分のすべてを預けるべきは。

「神様はわかってくださるのですね。ぼくにとって、アルベルト様がどれほど大切な存在なのか……だから願いを叶えても、代償をお求めにはならなかったのですよね。大好きなアルベルト様がいなくなってしまったら、ぼくはもう生きていけません」

　アルベルトがハッと息を呑む。

「おまえ、記憶も……」

「はい」

その瞬間、胸の奥から熱いものがこみ上げてきて、涙となって頬を伝う。

「ぼくです。アルベルト様」

「サーシャ……！」

広げられた腕に夢中で飛びこむ。

すぐに両手が回され、もうどこにもやらないというように強く背中を掻き抱かれた。

「サーシャ。サーシャ、俺のサーシャ……！」

譫言《うわごと》のように名前を呼びながら全身で存在を確かめられる。アルベルトが長い長い間、この瞬間を待ち続けていてくれたことが伝わってきて胸の中がいっぱいになった。

「はい。アルベルト様。ぼくのアルベルト様」

だからサーシャからも思いの丈を声に乗せる。

少しだけ身体を離したアルベルトと至近距離で見つめ合い、互いへの愛を確かめた。

「戻れたんだな。サーシャ」

「はい。アルベルト様のおかげです」

安心してもらいたくて笑おうとするのに、何度やっても涙がぼろぼろこぼれてしまう。

アルベルトは「大丈夫だ」とくり返しながらやさしく指で拭ってくれた。

「なんという奇跡だろう。もう一度おまえを取り戻せるなんて」

「アルベルト様は何度もぼくを助けてくださいました。ぼくが今こうして在るのは、アルベルト様のおかげです」

頬を包む大きな手のひらにサーシャは自分から顔を擦り寄せる。

「ぼくを愛してくださって、ほんとうにありがとうございます」

「礼を言うのは俺の方だ。おまえが応えてくれなければ、俺の愛などなんの意味もない。俺を意味のある存在にしてくれているのは、サーシャ、おまえなんだ」

「アルベルト様……」

額にやさしくくちづけられ、涙の跡にもキスをもらって、やっと安堵のため息が洩れた。

アルベルトは一度身体を離すと上着を脱ぎ、そっとサーシャの肩にかけてくれる。人の姿に戻ったばかりでなにも着ていなかったからだ。

「あの時も、こんなふうに上着を貸していただきました」

「あぁ。そうだったな」

アルベルトが感無量とばかりに微笑む。

「おかえり。サーシャ」

「ただいま戻りました。アルベルト様」

もう一度長い抱擁を交わしたふたりは、やがてどちらからともなく見つめ合い、よろこびと安堵にくすりと笑った。

「少し話そう」

促されるまま湖畔に並んで腰を下ろす。

まずは一番に言いたいことがあった。

「辛い思いをさせてしまって、ほんとうに申し訳ありませんでした」

ある日突然、愛する人に忘れられてしまうだなんて自分だったら耐えられない。

まっすぐに頭を下げるサーシャに、アルベルトは静かに首をふった。

「おまえのせいではない。俺の方こそ、おまえを酷い目に遭わせてしまった」

「いいえ。アルベルト様はなにも」

「いや。俺のせいだ。俺が気づいてやっていれば……」

アルベルトが悔しそうに目を眇める。やがて彼は、まっすぐにこちらを向いて頭を下げた。

「おまえは〈レマーノの奇跡〉に縋ってでも、子がほしいと思っていたのだな。そこまで思い詰めていることに気づいてやれなくてほんとうにすまない」

「ア、アルベルト様。いえ、そんな……お顔を上げてください。お願いですから」

「だが」

「思い詰めていたわけじゃないんです。ただ、もしそうなったらきっと素敵だろうなぁと思って……アルベルト様に似るのかなとか、ぼくに似るところもあるのかなとか、そんなことを考えてる時間がすごく楽しくて、ついつい立ち寄ることが多くなってしまっただけなんです。ほんとうですよ」

城を出る目的はあくまで慈善活動であり、ここに来たのはほんのおまけだ。

そもそも、男性である自分が子を成したいなんて叶うはずのない願いだとわかっているし、奇跡が起きるまで通い続けようなんて無茶は考えたこともない。ただ、ここにいるとあれこれ空想できて、それが楽しかったのだ。

けれど言葉を尽くしてもなお、アルベルトの表情は険しいままだ。

「ほんとうか。俺がおまえに余計なことを言ったせいで、気負わせてしまったのではないか」

「余計なこと、ですか……？」

「言ったろう。『俺たちにだって子ができるかもしれない』と」

焦げ茶の瞳が不安げに揺れた。言葉は知らぬ間に棘《とげ》となり、彼の心に刺さっていたのだろう。

だから今度はサーシャが首をふる番だった。

「アルベルト様はぼくに夢をくれました。空想する楽しさもくださいました。それはちっとも余計なことではありません」

「サーシャ……」

「それに、もしそうなったら素敵だろうなと思うのはアルベルト様も同じでしょう？　その気持ちを分かち合えるだけでぼくは充分しあわせですよ」

心からそう言える。どんな夢でも、叶わなくとも、愛しい夢であることに変わりはない。なかったことになんてしなくていいのだ。

そう言うと、アルベルトは目を瞠り、それから痞《つか》えを吐き出すように長い長いため息をついた。

「おまえには救われてばかりだ」

「なにをおっしゃいます。それはぼくの方が」

「いいや。俺だ」

「いいえ。ぼくです」

互いに言葉尻を奪うようにして声を重ねた後、顔を見合わせて小さく噴き出す。

「なにをしているんだか……」

「ふふふ。ほんとうですね」

思えば、こんなふうに笑い合うのも久しぶりだ。愛する人の笑い声を聞いているだけで心がほっとゆるんでいく。

そんな気持ちは言葉にせずとも伝わったのだろう。アルベルトがそっと目を細めた。

「俺もおまえが思うように、俺たちに子ができたら素晴らしいだろうと思う。だが、そこにおまえがいなければ意味はない。そして俺は、おまえさえいてくれればそれでいい」

「アルベルト様」

「どんな奇跡より、おまえに出会えたことが俺にとってかけがえのない神からの贈りものだ。だから頼む。これからも傍にいてくれ。俺におまえを愛させてくれ」

やさしく手を握られ、サーシャも同じだけの強さで握り返す。

「ぼくも、アルベルト様に出会えたおかげで今があります。こんなにしあわせにしてくださったのはアルベルト様です。アルベルト様だけを愛しています」

つないだ手をもう片方の手で包むと、アルベルトはきっぱりと告げた。

「俺たちが子を成すことはない。だが、それがすべてではないと俺は思う。これからもふたりで力を合わせて生きていこう。互いを思いやり、慈しみ、尊敬の念を持って愛し合おう。そう思える相手に巡り会えた、それこそが素晴らしい人生ではないか。俺はおまえとともに生きていきたい」

「ぼくもです。アルベルト様」

「愛している。サーシャ」

想いをひとつに、厳かに誓いのくちづけを交わす。

その瞬間、湖面がまたも眩く光った。

ハッとして見上げれば、暗い夜空いっぱいに銀色のオーロラがかかっているではないか。

「アルベルト様。あれ……！」

「あぁ」

普段見るオーロラとは色も規模もなにもかも違う。かつて自分たちの結婚式でも誇らしく見上げたことがあった。この国に幸いをもたらす吉兆と言われる、イシュテヴァルダの銀の祝福。

秋の夜空をたゆたう光は神々しいまでに美しく、生きものであるかのように生命力にあふれている。

――まるで、アルベルト様みたい……。

「まるでおまえのようだな」

「えっ」

びっくりして同じことを考えていたと言うと、アルベルトまで目を丸くした。

「あれほどに美しいのはおまえだ」

「あれほどに生き生きとしているのはアルベルト様です」

またも顔を見合わせ、笑ってしまう。

そんなふたりを祝福するように、天から幾千というオーロラのかけらが後から後から降り注いだ。

銀色の光はベールのようにサーシャの銀色の髪を撫で、身体を撫でて、やがてお腹の辺りに溜まる。

下腹に手を当てると、指の間からも眩いほどの光が洩れた。

「これ…、なにかのお告げなんでしょうか」

とっさにアルベルトをふり仰ぐ。

彼はサーシャとオーロラを交互に見ると、安心させるようににっこり笑った。

「わからない。だが、イシュテヴァルダの銀の祝福が示すのだ。きっと良いことが起こるのだろう」

「お宿りだったらいいですね。そう思いませんか、アルベルト様」

「あぁ。……だが答えづらいな。ついさっき、おまえがいればそれでいいと誓ったばかりだ」

「もう。アルベルト様ったら」

淡い期待に胸が疼く。もちろん自分も同じ気持ちだけれど、でも、もしかしたらと心が躍るのだ。

「これが〈レマーノの奇跡〉なら、一晩で二度も叶えていただいたことになりますね」

「もしそうなら俺も記念碑を建てなければ。とても大きく、立派なものをな」

顔を見合わせて微笑み合う。

しあわせな予感に、サーシャはそっとお腹を撫でるのだった。

王妃奪還、記憶喪失、獣化からの回復――。

そんな怒濤の日々を送るうちに秋は終わり、すべてを真っ白に覆う長い冬が訪れようとしていた。

ようやく落ち着きを取り戻したアルベルトはガムラスタの件に本腰を入れる。

イシュテヴァルダの王位継承権を不当に主張し、無理を押し通すためにサーシャを拉致監禁した挙げ句、拷問によって肉体的にも精神的にも長期に亘って苦しめた蛮国だ。徹底的に償わせなければ気が済まない。

どのような制裁を科すべきか、その際の国際世論はどうなるか、父ベルトルドや重臣たちとともに毎日のように議論を重ねている。

今日も政務を終え、離宮へ相談に行こうと慌ただしく執務室を出たところで、サーシャがこちらに駆け寄ってきた。

「アルベルト様」

「サーシャ。どうしたんだ、こんなところで」

「お仕事が終わるのをお待ちしていました。これからどこかへいらっしゃるのですか」

「父上のところだ。帰りは遅くなるかもしれないから、夕食は先に……」

サーシャの顔がみるみる曇る。彼はわずかに目を泳がせた後、意を決したようにもう一度こちらを見上げた。

「政治に口を挟むなんて出過ぎたことだとわかっています。それでも、どうかアルベルト様、二国の問題を平和的な解決に導いてください」

「サーシャ」

「お願いします」

連日続く議論の結論が、彼の望む方向と離れつつあるのに心を痛めてのことだろう。

けれど、報復は当然のことだ。それだけのことをされたのだ。慈悲などかけるわけがない。

「相手はおまえを苦しめた国なんだぞ」

「おっしゃることはわかります。アルベルト様がぼくを思って心を鬼にしてくださっていることも。でも、仕返しなどしてはヴィクトリア様が悲しみます」

生まれも境遇もなにもかも違うにもかかわらず、身ひとつで王家に嫁いできたふたりには深く通じ合うものがあるのだろう。サーシャは、義母の思いを代弁するように懸命に訴え続けた。

「生まれ育った場所を大切に思う気持ちは皆同じです。踏み躙《にじ》られて平気な人なんていません」

「だが」

「ぼくを愛することですべての狼を許してくださった。アルベルト様なら、この言葉の意味をわかってくださるでしょう？」

　真剣な眼差しが胸に刺さる。

　自分たちの根幹を問う言葉にアルベルトはハッと息を呑んだ。

　――そうだ……。

　かつて狼を禁忌の生きものと定め、ユリウスの仇を取るつもりで殲滅を命じた。それは一見美しい敵討ちのようでいて、けれど恨みに恨みを塗り重ねる不幸な連鎖を生むだけだった。狼が人間を襲い、人間が狼を殺す。どれほどくり返しても失った命は戻ることはなく、悲しみが癒えることもないのに。

　自分たちは、互いが互いの大切なものを奪い合った同士だ。

　けれど、その壁を乗り越えた同志でもある。

　その結果、イシュテヴァルダは新しい価値観を獲得するに至り、銀の祝福の恵みによって発展するとともに、自分たちの身も心も深い愛で満たされた。

「もう一度、同じことを……？」

　サーシャがゆっくりと頷く。

「アルベルト様ならできます。ぼくは知っています」

「サーシャ……」

信念に満ちた眼差しに胸の奥から熱いものがこみ上げた。

同時に、復讐《ふくしゅう》しか考えなかった己を省みる。痛みで痛みを上書きするばかりが解決ではないのだと自分はもう知っている。それを信じてくれる伴侶がいることも。

アルベルトは大きく息を吸うと、昂《たかぶ》った心を落ち着かせるように時間をかけて吐き出した。

「おまえは、強いな」

「いいえ。アルベルト様の方がずっと。ぼくを助け出そうと、何度も軍を率いて戦ってくださったと聞きました。恐ろしい思いもたくさんされたでしょう。苦しい思いも、悔しい思いも……。だから、報復したいと思われるのは当然です。それでもぼくの話に聞く耳を持ってくださるアルベルト様は、とても情け深く寛容な方だと思います。誰にでもできることではありません」

「気持ちはうれしいが、褒めすぎだ」

「そんなことはありません。もっともっと、いくらでも」

「もう充分だ。おまえの気持ちはよくわかった。そして、俺がなにをすべきかもな」

サーシャが弾かれたように目を瞠る。

大切な宝物を胸に抱き寄せ、アルベルトは自分に言い聞かせるつもりできっぱりと告げた。

「今こそ、不幸な連鎖を止める勇気を持つ時だ。この国も、ガムラスタも」

「それじゃ、アルベルト様……！」

「あぁ。歩み寄る前提で考えよう。そのための一区切りをつけるのだと」
サーシャが輝くような笑顔で応える。
アルベルトは、胸の内に新たな使命感が燃え上がるのを感じていた。

一月後。
イシュテヴァルダ城謁見の間で、王冠を頂いたアルベルトが玉座からひとりの男を見下ろしている。おどおどしながら部屋の真ん中に立ち竦む人物こそ、誰あろう、ガムラスタ王ヘンリーだった。周囲を軍関係者や重臣らに囲まれ、壇上からはアルベルトやサーシャ、両親たちに視線を注がれ、まさに衆人環視、針の筵《むしろ》だ。

ひとりで来るよう言い渡しておいたにもかかわらず、多くの侍従を従えてきたため、お供のものはひとり残らず城門の外に締め出して本人を主塔に連行させた。その間、喚きっぱなしだったと家令のフランシスが顔を顰めた。

「こっ、これが国賓をもてなすやり方か。俺はガムラスタ王なんだぞ。こんな待遇しかできないとはイシュテヴァルダは頭のおかしい野蛮な国だ。程度が知れる」

言いたい放題のヘンリーに、騎士団長のアルフォンスが苛立ちも露わに身を乗り出す。今にも掴みかからんとするのを副長のヴィンセントが懸命に抑えた。

それを尻目にヘンリーはなおも喚き立てる。

散々好き勝手を言い散らかし、息切れした頃合いを見て、アルベルトは静かに口を開いた。

「我が国イシュテヴァルダは、他国に対して広く港を開き、友好を大切にする国だ。ガムラスタとも和平条約を結び、その証としてレマーノ湖に記念碑を建てた。だが、それを裏切って我が国の王妃に対して蛮行を働き、王位継承権を主張するような不埒《ふらち》な輩《やから》を国賓として迎えるつもりはない」

「それが一国の王に対する態度か」

「かつておまえたちがやったことだ！」

低い声で一喝すると、ヘンリーはビクリと身をふるわせた。

「我が国との戦いに敗れたおまえたちはなにをした。俺の母を、人質としてこの国に差し出したではないか。王族の女は生け贄になれと今のおまえのようにたったひとりで……。おまえが今感じている屈辱は、かつておまえたちが母に強いたものだ」

「それは父上が勝手に！」

「おまえの父だ。そしておまえは、その父の後を継いだのだ。おまえに王としての誇りはないのか」

「うるさい、無礼者め！　こんな辱めを受けてただじゃ済まないからな！」

ヘンリーは顔を真っ赤にして喚く。

そこに割って入ったのはヴィクトリアだった。

「ガムラスタ王。いいえ、我が甥ヘンリー」

甥と呼ばれたことで、ヘンリーはハッとしたように目を瞠る。

ヴィクトリアは静かに椅子から立つと、壇上からまっすぐヘンリーを見下ろした。

「お会いするのははじめてですね。あなたのお父様――私の兄が亡くなった時も、私は花を捧げるために帰国することさえ許されませんでしたから」

話しながら、ヴィクトリアはどこか遠くを見るように目を細める。

「こんなふうに対面することになるとは夢にも思いませんでした。でもせっかくですから、あなたのお父様が若い頃はどんな方だったか、思い出話をしましょう」

ヴィクトリアは一度言葉を切ると、静かに話しはじめた。

「兄のジェームズはとても傲慢な人でした。癇癪持ちで我儘で、自分の思いどおりにならないと気が済まない人……。私や幼い妹たちは、そんな兄に怯えて暮らしていました。父は多くの愛人を持って母を省みず、もともと身体の弱かった母は三番目の妹を産んですぐ産褥熱《さんじょくねつ》で亡くなって……。兄弟は六人いましたが、大人になったのは兄と私のふたりだけでした。兄は跡継ぎとして父の期待を一身に受けて甘やかされ、ますます手がつけられなくなっていきました。使用人で剣の試し切りをしたり、料理人を窯で焼き殺したり……残忍な行為をくり返し、それが強さだと自慢するような人でした」

あまりの凄惨さに、その場が水を打ったようにシンとなる。

「父は、一年のほとんどを戦争に明け暮れて過ごしていました。ある時、戦場で負った怪我がもとで亡くなり、恐ろしい兄が王位を継いだのです。兄は笑っていました、やっと自分の時代が来たのだと。

兄は父以上に恐怖政治を敷くようになり、このイシュテヴァルダともたびたび争っては敗戦を……。なんとか領土割譲を避けたかった兄は、友好を誓う証に、私をたったひとり敵地に送りこみました。それがまさか、こんなことの火種になってしまうとは……」

ヴィクトリアはアルベルトを見、サーシャを見、もう一度ヘンリーに視線を戻した。

「イシュテヴァルダ王家にガムラスタの血を残すべく、王と王妃の引き離しを目論《もくろ》んだと聞きました。ですが、私たちにとってサーシャはかけがえのない息子、そしてこの国の国母です。断じて許すわけにはいきません」

ヴィクトリアがぴしゃりと告げる。

父親の話に呆然としていたヘンリーだったが、自分にその矛先が向くや、再びいきり立った。

「な、なにが国母だ。そいつは男だろう。男を王妃にするなんてイシュテヴァルダ王は頭がおかしい。こんなやつに任せておいたら今日明日にでも国が滅ぶぞ」

「なんだと貴様！」

とうとう我慢できずにアルフォンスが立ち上がる。

「陛下になんて口の利き方を！」

「我々の王妃陛下を侮辱するのか！」

大臣や騎士団連中も総立ちだ。

場が騒然となる中、ヴィクトリアが再び口を開いた。

「国にとって必要なのは、時に剣となり、時に楯となって民を守り慈しむことのできる王と、それを生涯信じて支えることのできる王妃です。私は、そんなふたりを誇りに思います」

その言葉に、隣でサーシャが息を吞む。

自分とて同じ気持ちだ。アルベルトが顔を向けると、サーシャは涙ぐみながら微笑んでみせた。

「ヘンリー」

ヴィクトリアの声が甥を諭すそれに変わる。

「この国に嫁いだ日から私はイシュテヴァルダの人間です。その私の血を、王位を継ぐ正当性の証に利用しようとするのはおやめなさい。あなたにプライドがあるのならご自分の国を大切になさい」

「プライドがあるからこうして出てきてやったんだ。こんな国なんてガムラスタの一部にしてやる。俺のコレクションに加えてやろうって言ってるんだ。感謝してもらいたいくらいだ」

呆《あき》れた言い草にヴィクトリアが小さくため息をついた。

「ずいぶんと自分勝手なことばかり……。ですが、たとえあなたがなんと言おうと、我が国の王妃を誘拐監禁したことは許されざる大罪です。この責任は公に取っていただきますよ」

「なっ。……そ、そんなのは、大臣たちがやったことだ。俺の知ったこっちゃない」

「王のおまえが知らないなどと言い逃れできると思うのか！」

我慢の限界を超えたアルベルトの一喝にヘンリーはビクッと身を竦ませる。

ウロウロと目を泳がせるガムラスタの王に、ヴィクトリアは根気強く話し続けた。

「そんなことをして、いったい誰がしあわせになるのですか。なんのために我々を支配しようというのですか。悪戯に領土を広げることが統治なのではありませんよ」

「ハッ。だからイシュテヴァルダは腰抜けだと言ってるんだ。俺は世界で一番大きな領土がほしい。世界で一番の王になる」

「大臣たちの言いなりのままで？」

「なっ」

　ヴィクトリアがついに核心に切りこむ。

「あなたは先ほどから責任を問われると『父上が勝手に』『大臣たちがやったことだ』と逃げ回ってばかり。責任の取り方も知らない王など論外。周囲にちやほやと煽てられて、ただ玉座に座っているだけではありませんか」

「なんだと……！」

　痛いところを突かれたのか、ヘンリーの顔はみるみる赤くなっていった。

「俺はガムラスタ王だ！　この俺が言えばなんでも思いどおりになる！　それが当たり前なんだ！」

　大声で捲し立てるヘンリーにヴィクトリアはとうとう嘆息する。

「子供の頃の兄を見ているよう。誰も躾《しつ》けてくれる人がいなかったのね……。そんなあなたに、王としての資質を問うのは酷でしょうね」

「うるさい！　この無礼者！」

とうとうヘンリーが腰の剣に手をかけた。

すかさずアルフォンスたちが四方からヘンリーを押さえつける。壇上ではアルベルトや護衛たちもヴィクトリアの前に立ち塞がった。

「王太后陛下を安全なところへ！」

「ここは私たちにお任せください！」

場が騒然となる中、なぜかヴィクトリアは一同を手で制す。

「母上」

アルベルトの声にも彼女はおだやかに微笑むばかりで、壇上からまっすぐヘンリーに向き合った。

「心配いりません。その剣は偽物だと思いますから」

「えっ」

皆が驚いてヘンリーを見る。

思わぬ注目を浴びた彼は「うるさい！　見るな！」と喚き立てながら近くの騎士を殴ろうとした。

だがそれもすぐに取り押さえられ、鞘《さや》ごと剣を押収される。刀の扱いに慣れているアルフォンスが抜いてみると、刀身はのっぺりとした板でしかなかった。

「刃が引いていない、だと……？」

献上された剣を見たアルベルトも目を疑う。

「こんなものをぶら下げていたのか。ただの飾りではないか」

「剣の稽古などしたこともないでしょう。ジェームズもそうでしたから」

「う、うるさい！」

ヘンリーは腕をふり解《ほど》くと、壇上にいるアルベルトから模造品の剣をひったくろうと手を伸ばす。

だが、国王に狼藉《ろうぜき》を働くものを護衛たちが許すはずもなく、さらには隠し持っていた短剣すらレプリカということが露呈する有様で、軍関係者からいっせいに剣を向けられたヘンリーは子供のような唸り声を上げた。

「俺はやればできるんだ。本気を出せばなんだって……！」

「ヘンリー」

ヴィクトリアに力強く一喝され、ヘンリーは「ヒッ」と息を呑む。

「他国の王としてではなく、甥として、叔母である私があなたの性根を叩き直します。あなたの国にあなたを正してくれる人間がいないというのなら、私が手を貸しましょう。今すぐ廃位してこの国の人質になりなさい。かつての私のように」

「……！」

それは思いもよらない提案だった。

呆気に取られる一同の前で、ヴィクトリアはアルベルトに向き直る。

「これを、ガムラスタへの制裁とさせてください」

「母上……？」

突然の申し出に驚いたものの、黙って成り行きを見守っていた父ベルトルドと目を合わせた瞬間、なるほどと合点がいった。

これは賭けなのだ。ヴィクトリアのこれまでの人生があるからこそできるものだ。ならば乗らない手はないだろう。

アルベルトは大臣たちを集めると高らかに命じた。

「城門で待たせているガムラスタの侍従たちに新しい王を立てるよう伝えよ。ヘンリー王は王妃誘拐監禁の罪を償うため自らの身をイシュテヴァルダに差し出し、本日をもって王位を退くとな」

「冗談じゃない！」

ヘンリーが悲鳴のような声を上げる。

暴れ出そうとするのを見たアルベルトは壇上から駆け下り、自ら腰の剣を抜いて突きつけた。

「おとなしくしろ」

「ヒィッ」

こちらは刃を引いてある、正真正銘の真剣だ。ギラリと光る刀身に恐れをなしたのか、ヘンリーはヨロヨロと後退《あとずさ》ったものの、すぐに足を縺《もつ》れさせて尻餅をついた。

「く、来るな。来るなっ……」

アルベルトが一歩詰め寄るたびにヘンリーはオタオタと床を這う。そうして一歩、また一歩と追い詰めていくうちにとうとう壁際まで到達し、さらには彼の左右を騎士団が囲んだ。

「さぁ、選ぶがいい。己の犯した罪を償うか。それとも潔く刃に散るか」

「……っ」

その切っ先を喉元に当てる。

ヘンリーはいよいよ敵《かな》わないと悟ったのか、さっきまでの威勢など見る影もなく大粒の涙を流してぶるぶるとふるえた。

「おおおお願いだ。命だけは助けてくれ。死にたくない」

「ならばおとなしく廃位するな」

「い、嫌だ。王位を捨てるなんて！」

「冠を被ったまま人質になる方が惨めだぞ」

「もっと嫌だ。ひとりで敵に囚われるなんて耐えられない」

嫌だ嫌だと身悶えしながらヘンリーは子供のように泣きじゃくる。情に訴えようというのだろう。

だからこそ、アルベルトは冷たく一刀両断した。

「おまえたちが俺の母と伴侶にしたことだ。俺は絶対におまえを許しはしない」

「――――」

すべての望みが絶たれたことを悟ったヘンリーはがっくり項垂れ、その場に崩れる。

「ヘンリー」

そこへ、名を呼ぶものがあった。ヴィクトリアだ。彼女は涙で顔をぐしゃぐしゃにした甥のもとに歩み寄ると、やさしく語りかけた。

「私たち王族は、いざとなれば国家のために命を懸けねばなりません。だからこそ民は王に尽くし、王は民を守るのです。どちらか一方が尽くすばかりの関係では、やがて国は壊れてしまう。お互いに強い信頼関係で結ばれていなければなりません。それは王族同士であっても同じこと」

　ヴィクトリアは一度言葉を切り、ここではない、どこか遠くを見遣る。

「兄は、血を分けた妹の言葉にすら耳を傾けてくれませんでした。あの時、兄が少しでも私を慮ってくれていたら。『国の存続と引き換えにおまえを犠牲にしてすまない』と、たった一言言ってくれたなら、私は快く、胸を張って嫁ぐことができたでしょうに」

　呆然とするヘンリーの背を撫でながら、ヴィクトリアは話し続けた。

「私は、今の家族のおかげで己の半生を受け入れることができました。長い年月がかかりましたが、それによって私の心は救われたのです。ですから、あなたにも自らを受け入れ、省みる機会があってほしい。私たちもまた、大切な家族なのですから」

「か…、ぞく……」

　ヘンリーが驚いたように目を瞠る。その眦《まなじり》から大粒の涙がポロリと落ちた。

　今、彼の胸にはどのような思いが渦巻いているだろう。すぐに価値観を転換することは難しくとも、響くものがあってほしい、少しでも理解してくれればと願わずにはいられなかった。

　アルベルトは構えていた剣をしまい、ヘンリーに手を差し伸べる。

「……！」

よほど意外だったのだろう。ヘンリーはギョッとしたように手とアルベルトとを交互に見た。

しばらく考えるような間があった後で、彼はおそるおそるその手を取る。

剣など持ったこともないであろうやわらかな手を強く握ると、アルベルトはひと思いに隣国の王を助け起こした。

「ヘンリー。私とも握手をしましょう」

立ち上がったヴィクトリアが甥に右手を差し出す。

これにはさすがのヘンリーも虚を突かれたようだ。

「そん、な……だって……」

「アルベルトの手は取ったではありませんか」

躊躇うヘンリーに、ヴィクトリアは冗談めかして微笑みかける。

何度も彼女の顔と手を交互に見たヘンリーは、やがて覚悟を決めたようにその手を取った。

三十年以上の時間を経て、叔母と甥がはじめて心を通わせた瞬間だ。ようやく家族の分断を乗り越えたふたりはうれしそうに、そしてどこか照れくさそうに静かに見つめ合った。

「――――さぁ、仕切り直そう。母上もこちらへ」

アルベルトはヴィクトリアの手を取って壇上に促すと、あらかじめ用意しておいたガムラスタへの制裁状を読み上げる。

要求は六つだ。

まずは、和平条約を遵守し、二度と戦争をしかけてこないこと。それが形骸化しないよう年に数回会談の機会を設けること。賠償金として別途定めるものを納めること。今後、イシュテヴァルダに対して王位継承権を主張しないこと。国内には事実をありのまま公表すること。そして、史実に沿った正しい歴史を子供たちに教えること。

「これらをすべて受け入れるなら、おまえが人質になる件はなしだ」

そう言うと、ヘンリーはほっとした様子で「わかった」と答えた。交渉成立だ。

「供を呼べ。王の決定を伝えよう」

アルベルトは城門の前で待たせていたヘンリーの侍従たちを呼び寄せると、彼らの王が制裁内容を呑んだことを伝えた。侍従たちはとても驚いた様子だったが、憑きものが落ちたようにすっきりした顔のヘンリーになにかを感じ取ったのか、不満の声を上げるものはいなかった。

再び壇上から降りたアルベルトはヘンリーと真正面から向かい合う。

「イシュテヴァルダとガムラスタの間には、いくつもの悲しい犠牲があった。その上に今日の我々があることを後を継いだものとして忘れてはならない。これからはお互いの国の発展のために手を取り合い、協力し合っていこうではないか」

「わかった」

今度はヘンリーから右手が差し出された。承諾と未来を誓う握手だ。

その瞬間、様々なものが脳裏を過った。

生涯戦いに明け暮れた父や祖父を思い、人生を翻弄され続けた母を思い、敵国の私利私欲にふり回された伴侶を思い、そして国民の思いをすべて背負って、アルベルトは万感の思いでヘンリーの手を強く握り返す。

長きに亘る二国の争いはここに終結し、真の和解が実現した瞬間であった。


後日――。

国境傍のエドガーの城で調印式が行われた。

かつてお互いの父親同士が和平条約を結んだ場所だ。あらためて誓いを立てるならここしかないとアルベルトたっての希望で実現した。

調印を終えた一行はレマーノ湖畔を訪れ、澄み渡った湖を並んで見つめる。

平和記念碑の前で交わした固い握手が、未来への揺るぎない礎となるのだった。

*

季節が一巡りする頃、イシュテヴァルダに大変な慶事が訪れた。

〈レマーノの奇跡〉によって、アルベルトとサーシャの間に待望の第一子が生まれたのだ。

孫の誕生に先王夫妻は泣いてよろこび、国中がお祭り騒ぎになった。王太子誕生の一報が出るや港の船は挙《こぞ》って祝砲を打ち鳴らし、ありったけの教会の鐘楼から祝福の鐘が鳴り響いた。

子が生まれてからというもの、関係各国からはひっきりなしに祝いの品々が届いている。

同盟国であるアドレアやローゼンリヒトはもちろんのこと、リッテンドルフや遠くゲルヘムからも心の籠もった贈りものが届いた。それだけではない。驚いたことに隣国ガムラスタからも使者が来て、「王太子殿下の健やかなご成長とご多幸を祈念して」と美しい宝石を贈ってくれた。

あれ以来、ガムラスタとは定期的に話し合いを重ねながら関係改善に取り組んでいる。

アルベルトはますます忙しそうだ。家令のフランシスも驚くほどの多忙ぶりと聞いて少し心配ではあったものの、努力の甲斐あって両国の関係は改善されつつあるという。我が子が後を継ぐ頃には、笑顔で国境を行き来できるようになっているだろう。

――そうなったらいいな。……ううん。アルベルト様とぼくで、絶対そうしなくちゃ。

自分に言い聞かせながらサーシャは子供部屋に向かって廊下を歩いた。

王妃が責任を持って公務に当たることができるよう、乳母が子供の面倒を見るのが代々のしきたりなのだそうだ。サーシャ自身、遠出を伴う慰問こそまだ控えているものの、慈善活動は続けている。

そのため、ささやかな公務の合間を縫って息子の寝顔を見るのが今一番の楽しみなのだった。

「王妃陛下。王太子殿下にご面会でございますか」

部屋に着くと、ドアの前に立っていた護衛がにこやかに扉を開けてくれる。彼にも初孫が生まれたばかりだそうで、ことのほかサーシャたちを気にかけてくれるひとりだ。

取り次ぎを受けて中に入ると、今度は乳母のマーサが迎えてくれた。

かつてアルベルトの乳母も務めたベテランで、肝っ玉母さんと呼ぶのがぴったりな、あかるく溌剌《はつらつ》とした女性だ。黒いお仕着せに白いエプロンをつけた彼女は、サーシャに向かって人懐っこい笑みを浮かべてみせた。

「王太子殿下はよく眠っておいでですよ。それはもう、天使のようなおかわいらしさで」

どうぞこちらへと促され、サーシャは天蓋のついた小さなベビーベッドに歩み寄る。

すると、赤ん坊は眠ったまま唇を弓形に撓《しな》らせた。

「まぁ、笑って……お母様がおいでになったのがわかるのかしら。なんて賢い王子様なんでしょう」

それを聞いて、サーシャは驚きに目をぱちくりする。

「赤ちゃんって、そんなことまでわかるんですか？」

「きっとおわかりになりますよ。大好きなお母様のことならなんでも。……こうして見ると、陛下のお小さい頃にそっくり。きっと元気な悪戯っ子にお育ちになりますね」

「ふふふ。アルベルト様もこうだったんですね。お父様に似るといいな」

「ご成長が楽しみでございますね」

「ほんとうに」

顔を見合わせてくすりと笑うと、サーシャはすやすや寝息を立てる我が子を感慨深く見下ろした。

こんなしあわせな未来が待っているなんて思いもしなかった。

小さな目、小さな鼻。小さな唇、小さな手。なんてかわいいんだろう。なんて愛おしいんだろう。

胸をいっぱいにしながらやわらかな前髪をそっと掻き上げる。

両親は、自分が生まれた時こんな気持ちだったのだろうか。人狼として隠れて生きなければならない身だったとしても、自分という新しい命は彼らの希望になっただろうか。

今なら、その気持ちが痛いほどわかる。

「大好きだよ。ノア」

サーシャは身を屈めると、小さな小さな額に愛をこめてキスを贈った。

今でこそ呼び慣れたノアという名も、決まるまではあれこれ悩んで大変だった。アルベルトの祖父から名をもらおうか、ベルトルドにつけてもらおうか、あるいはサーシャの父の名にちなもうかと、来る日も来る日もアルベルトと膝をつき合わせて唸ったものだ。

人の名は世界で一番短い詩だ。そこには希望があり、願いがあり、祈りがある。

どんな人間に育ってほしいかをくり返しくり返し考えるうち、両親はこんな思いをして自分たちに名をつけてくれたのだと感謝の気持ちでいっぱいになった。難しさが身に染みると同時に、その深い愛情を再確認した機会でもあった。

ノアというのは、イシュテヴァルダの伝統的な名前だ。よくある名だし、町を歩けば必ずひとりは行き当たる。

それでも選んだのは、ノアに『祝福されたもの』という意味があるからだ。〈レマーノの奇跡〉と銀の祝福によって授かった命にこれ以上ふさわしいものはないと、アルベルトとともに確信した。

「ノア。ノア。銀のお宿り。ぼくの愛し子……」

そっと人指し指を近づけると、ノアが小さな手できゅうっと摑む。

その力強さに驚くと同時に、胸の中にあたたかく甘やかなものが広がっていくのがわかった。

褐色の肌や赤い髪はアルベルト譲りだ。今は閉じられているけれど菫色の瞳は自分にそっくり。

一度、お腹が空いたと泣いた時に赤褐色の狼耳がぴょこんと出たので、どうやら人狼の性質も受け継いでくれたらしい。小さな狼の耳がひょこひょこと動く様はとてもかわいらしくて、アルベルトとふたりで身悶えたものだった。

「ふふふ。また見たいなぁ。でも、泣かせるのはかわいそうだもんね」

それに、あまり癖になってもいけないだろうから、思い出を胸に焼きつけておこう。

そんなことを考えていると、ちょうど政務を終えたらしいアルベルトがやってきた。彼の後ろには義両親の姿も見える。

「アルベルト様。それにベルトルド様、ヴィクトリア様も」

「さっきまで離宮にいてな。これからノアのところに行くと言ったら、顔を見たいと」

深々と一礼するサーシャにヴィクトリアがにこやかに笑う。

「押しかけてしまってごめんなさいね。その後、体調はどう？　ずいぶん伏せっていたでしょう」

「お気遣いいただきありがとうございます。でも、もう三ヶ月も前のことですから」

「あら。産後の肥立ちは大事なことよ。私もアルベルトを産んだ時は大変な思いをしたものです」

チラと視線を送られ、アルベルトはなんとも言えない顔で目を逸《そ》らした。覚えていないことを引き合いに出されてむず痒いのだろう。そんな親子のやり取りさえ愛おしい。

伴侶を見上げて頬をゆるめるサーシャを見て、ヴィクトリアもまた目を細めた。

「とにかく、あなたは自分の身体を第一にね。まだまだ無理をしてはいけませんよ」

「はい。ありがとうございます。ヴィクトリア様。ベルトルド様も」

「礼を言うのは儂らの方だ。万事大事にな、サーシャ」

「はい」

産後三ヶ月も経つというのに、義両親は会うたびにサーシャを労ってくれる。特にヴィクトリアは「サーシャを困らせたらこの私が許しませんよ」と率先して守ってくれたほどだ。

「あー」

和やかに話していると、にぎやかな気配にノアが目を覚ましたようだ。

「あぁ、お目覚めだな。王子様」

アルベルトが頬をゆるめながらそっとノアを抱き上げる。

小さな天使は父親の大きな胸に身体を預け、「あー」「あっ、あっ」と楽しそうに声を上げた。

「ははは。そうか。父が来てうれしいか」

片手でノアを縦に抱き、もう片方の手を後頭部に添えながらアルベルトが息子の顔を覗きこむ。まるで言われていることがわかるかのように、ノアは屈託なくふわぁっと笑った。

「参ったな。かわいい宝物が二倍になった」

こちらを向いたアルベルトはもうデレデレだ。

「もう。アルベルト様ったら」

国王相手に失礼とは思いながらも、サーシャは我慢できずに噴き出してしまった。ヴィクトリアやベルトルドもそれに続く。よく見れば、ベルトルドも息子とまったく同じ顔をしているではないか。

「父上。抱いてみますか」

「お、おお」

アルベルトから小さな命を差し出され、珍しく狼狽えたベルトルドだったが、すぐに祖父としての顔に変わる。

「懐かしいものだな。アルベルトを抱いた日のことを思い出す」

けれど、ベルトルドが抱っこした途端、居心地が悪かったのか、ノアが声を上げて泣き出した。

「あらあら。おじいさまのお髭が怖いのね」

笑いながらヴィクトリアが替わった途端、ノアはピタリと泣き止む。それはもう見事なほどだ。

「さすが、慣れておいでですね」

「ふふふ。ベルトルド様はアルベルトの時もたくさん泣かせていましたっけ。そうやって人は子供に教わりながらだんだん親になるものです。ねぇ、ノア。おばあさまとも仲良くしましょうね」

「あー」

ご機嫌な様子で笑うノアにつられてサーシャも笑ってしまった。やり取りを見ていたアルベルトやベルトルド、それにヴィクトリアもだ。彼女は孫を見つめながら愛おしそうに目を細めた。

「孫を抱ける日が来るなんて……」

ヴィクトリアの目が潤んでいるのを見て、こちらまでうれし涙を誘われる。すべては人智を超えた奇跡のおかげだ。ただただ〈レマーノの奇跡〉と銀の祝福に感謝するばかりだった。

しばらく和やかに過ごしていたところで、侍従がやってきて来客を告げる。

「陛下。辺境伯エドガー様がお連れ様とともにおいでです」

「エドガーか。久しぶりだな」

「お連れの方はシャーロットさんでしょうか」

最後に会ったのは一年以上も前のことだ。囚われの身を解放されてからは記憶を失ったり、奇跡を体験したり、ノアを出産したりと目まぐるしいこと続きで交友をあたためる余裕もなかった。

ふたりの話を聞いて暇《いとま》を告げる義両親に、サーシャは「今度は、ぼくたちがノアを連れてそちらに遊びに行きます」と約束する。ベルトルドたちはうれしそうに頷きながら子供部屋を出ていった。

サーシャは眠ってしまったノアを乳母に任せ、アルベルトとともに応接間へ赴く。

中へ入ってみると案の定、訪ねてきてくれたのはエドガーと彼の婚約者のシャーロットだった。

「エドガー。よく来てくれた。シャーロットも元気そうだな」

「陛下、王妃陛下におかれましてはますますご機嫌麗しく……」

「堅苦しい挨拶は抜きだ。ここでも仕事のつもりでいたら俺がかなわん」

アルベルトの言葉に皆が笑う。

ソファに向かい合うように座るなり、エドガーが「陛下」と身を乗り出した。

「このたびは王太子殿下のご誕生、誠におめでとうございます。祝賀会でもお目にかかってはおりましたが、今一度、シャーロットとともにお祝いをお伝えしたく馳せ参じました」

そう言って、彼は隣で微笑むシャーロットを目で促す。

「陛下。王妃陛下。僭越《せんえつ》ながら私からもお祝いを申し上げます。神が与えられたイシュテヴァルダの王太子殿下が健やかにお育ちになりますように」

「感謝する。こうして世継ぎを授かることができたのもサーシャのおかげだ」

当然のように語るアルベルトに、サーシャは微笑みながら首をふった。

「いいえ。すべてはアルベルト様のお力です」

「おまえの祈りが通じたのだ。だからこそ銀の祝福が宿ったではないか」

「でも、〈レマーノの奇跡〉を起こしてくださったのはアルベルト様です」

「ならば、それを命懸けで産んでくれたのはおまえだ」

エドガーたちはやり取りをぽかんと見守るばかりだ。それでもしばらくすると我慢できなくなったのか、揃ってくすくす笑い出した。

「おふたりはすべての夫婦の良いお手本でいらっしゃいますね。そんな方々の子供としてお生まれになった王太子殿下はとても幸運な方です」

「本人にもそう思ってもらえるといいがな」

「元気な悪戯っ子になってくれるといいですね。小さな頃のアルベルト様のように」

「こら、サーシャ」

アルベルトが窘《たしな》める。顰めた顔にかすかに赤みが差すのが見えて、サーシャもエドガーたちと一緒になって笑ってしまった。

「ますますご成長が楽しみです。殿下は陛下似ですか」

「髪や肌は俺に似たが、瞳の色はサーシャと同じだ。人狼でもある」

「まぁ、なんて素敵なんでしょう。おふたりの愛の結晶そのものですね」

シャーロットの言葉にサーシャは目を細めて頷く。

「ぜひ、後でノアを見てやってください。寝顔もとってもかわいいですから……親バカですけど」

「子を持ってはじめて、親バカというのがどういうものかわかったな。俺も一生治りそうにない」

苦笑するサーシャとアルベルトを交互に見ながら、エドガーはおかしそうに肩を揺らした。

「こんな陛下にお目にかかる日が来ようとは……。跡継ぎというのは大変なものですね」

「そうだな。なにをするにもノアの将来を考える。彼はどんな時代を治めるだろうかと」

ふたりの話にしみじみと耳を傾けながら、サーシャはふと、大事なことに気づく。

国王であるアルベルトに男の子が生まれたことで、王位継承権第一位はエドガーからノアに移った。長らく『次期国王』として心構えをしていたエドガーは心中複雑なのではないだろうか。

おそるおそる切り出すと、エドガーは「とんでもない」と笑いながら首をふった。

「もともと私は王位の器にありませんでしたし、縁の下の力持ちの方が性に合っています。ですから辺境伯として、これまで以上に陛下にお仕えして参ります。……それに」

一度言葉を切ったエドガーは、うれしそうに隣のシャーロットと目を合わせる。

「陛下のおかげで、無事にシャーロットとも結婚することができましたし」

「えっ」

それは初耳だ。

目を丸くするサーシャの背中を、隣にいるアルベルトがポンポンと叩いた。

「ちょうどおまえの出産と重なってな。落ち着いてから話そうと思っていたんだ」

「そ、そうだったんですね。知らずにお祝いもできず、申し訳ないことをしてしまいました」

「いいえ。陛下から、王妃陛下の分のお気持ちもこめて素晴らしい祝いの品の数々をいただきました。父母からも、くれぐれも陛下たちによくお仕えせよと」

エドガーとシャーロットが一礼する。

「あの、遅くなってしまいましたが、ぼくからも直接お祝いを言わせてくれませんか」

「王妃陛下」

驚くふたりの前で居住まいを正すと、サーシャはまっすぐふたりの目を見つめた。

「ここに至るまで、いろんなことがありましたね。それら全部を乗り越えて家族となったおふたりの信念と勇気を、ぼくは心から尊敬します。おふたりの存在は、ふたつの国が手を携えて発展していく象徴になるでしょう。どうか末永くおしあわせに。おふたりに神の恵みがありますように」

「王妃陛下……」

シャーロットが目を潤ませながら両手を胸に押し当てる。

「イシュテヴァルダの銀の祝福である王妃陛下から過分なお言葉を頂戴しました」

エドガーも深く一礼すると、シャーロットの細い肩を抱き寄せた。

「これからは、陛下たちをお手本に良い家庭を築いていきます。そしていつかは私たちにも、王太子殿下のような素晴らしい赤ちゃんを」

寄り添うふたりは家族としての愛に満ちあふれている。

しあわせの連鎖を噛み締めながら、サーシャもまた大切なアルベルトと微笑み合うのだった。

その日の夜。

サーシャが寝る仕度をしていると、いつもよりだいぶ早い時間にアルベルトが寝室にやってきた。

「アルベルト様。お仕事はよろしいんですか？」

慌てて出迎えるサーシャに、アルベルトはやさしい抱擁で応える。

「忙しさもようやく一段落といったところだ。やっとおまえとゆっくりできる」

「良かったです。今夜はぐっすり眠っていただけそうですね」

ずっと忙しい日々だったから。

爪先立ちで伸び上がると、アルベルトが微笑みながらキスをくれる。額に、瞼に、唇に、やさしく触れるだけのくちづけをもらい、サーシャはうっとり目を閉じた。

こうして抱き合っているとほっとする。この方が好きだという気持ちと、一緒にいられる安心感が胸をいっぱいに満たすのだ。

「そうだ」

いいことを思いついてサーシャはパッと顔を上げた。

「アルベルト様、ベッドに横になってみてください」

「もう寝るのか？　もう少し話をしたかったんだが……」

アルベルトはどこか残念そうだ。それでもサーシャの言うことには反対せず、天蓋つきのベッドに身を横たえるアルベルトに、サーシャは「失礼します」と断って枕元へ躙り寄った。

「では、アルベルト様。頭をこちらへどうぞ」

横座りで揃えた太股《ふともも》をポンポンと叩いてみせた途端、アルベルトは「ふはっ」と噴き出す。よほど意外だったようだ。

「まさか、膝枕をしてもらえるとは」

「前に、髪を撫でられるのが好きだとおっしゃっていましたから。ずいぶんお疲れも溜まっていると思いますし、ゆっくりするならこれがいいかなって……」

「覚えていてくれたのか。それなら、ありがたく甘えることにしよう」

焦げ茶色の瞳がうれしそうにトロリと蕩ける。

膝の上に乗せた赤褐色の髪をそっと撫でると、彼はそのまま吸いこまれるように目を閉じた。

「……あぁ、とても気持ちがいい。おまえの手はやさしくて好きだ」

「ふふふ。良かった。アルベルト様は毎日皆のために頑張っていますから……ぼくといる時はもっと甘えてくださいね。あれをしたい、これをしたいって我儘も言ってくださっていいんですよ」

「おまえは俺を甘やかす天才だな」

「そうでしょうか。アルベルト様の方が、ぼくを甘やかす天才です」

そう言った途端、アルベルトが不敵に笑いながら目を開ける。

「ならば、力比べをしてみるか」

「そ、それは困りますっ」

決して誤解のないようにサーシャはぶんぶん首をふった。ただでさえ彼の笑顔に弱いのに、全力で甘やかされたりしたらきっとグズグズのふにゃふにゃになってしまう。

動揺は言葉にせずとも伝わったのだろう。アルベルトがこちらを見てくすくす笑った。

「おまえのそんな顔を見るのが好きだ。かわいいな、サーシャ」

「で、ですから……」

「なんだ。もう降参か？」

「アルベルト様のいじわる……」

鏡なんて見なくても顔が赤くなっているのが自分でもわかる。きゅっと下唇を噛みながら視線を泳がせていると、大きな手にやさしく頰を撫でられた。

「照れている時のおまえは最高にかわいい。俺だけが見られる顔だな」

見上げてくる眼差しはまるで蜂の蜜のように甘い。絡め取られる心地良さにうっとりしていると、アルベルトが身体を起こした。

「今のでひとつ我儘を言いたくなった。もちろん、おまえは断るのもありだ」

「断るだなんて」

「無理はさせたくないんだ。俺はおまえを大切にしたい。その気持ちは、わかってくれるな」

「は、はい」

そんな前置きをするなんて、どんなことを言われるんだろう。

ドキドキしながら待っていると、節くれ立った手が伸びてきてサーシャの手を強く握った。

「おまえと、愛し合いたい。俺の言っている意味がわかるか」

心臓がドクンと大きく跳ねる。

そろそろと頷くと、つないだ手を労るように撫でられた。

「奇跡の力があったとはいえ、妊娠や出産は身体に大きな負担がかかったろう。だからおまえが落ち着くまで待とうと心に決めていた」

「……さっきは意地悪なんて言いましたが、やっぱりアルベルト様はおやさしいです」

「どちらも俺だがな」

アルベルトが目を伏せながら苦笑する。

男らしい笑い方にドキドキと胸を高鳴らせながら、サーシャはそっと伴侶を窺い見た。

「あの……身体ならもう、大丈夫だと…、思います」

「ほんとうか。我慢していないか」

「いいえ、そんなことありません。……でもなんだか、は、恥ずかしいですね」

鼓動が逸って息さえ苦しい。まるではじめて身も心もひとつになった時みたいだ。

もじもじと俯いていると、逞しい腕がそっと胸に引き寄せてくれた。

「緊張しているか」

「はい」

「そうか。俺もだ」

「アルベルト様も？」

意外に思って胸に耳を押し当てると、彼の言うとおり、ドクドクという心臓の鼓動が少しずつ速くなっていくのがわかる。

「ほんとだ……」

「おまえと愛し合えることがうれしくてこうなっている。結婚して四年も経つのにな」

「うれしいです。そう思っていただけて……ぼくも、同じ気持ちです」

そっと手を取り、自らの胸に導く。

手のひらで、そして同じように耳を押し当てて鼓動を確かめたアルベルトは、そのまま細い首筋に唇を埋《うず》めた。

「愛している、サーシャ。俺のサーシャ……」

ゆっくりと項《うなじ》を這い上がった唇が顎を伝い、頬へと落ちる。唇の端に触れられた瞬間、甘い痺《しび》れに身体がビクッと跳ねた。

愛している――。

想いを受け渡すような囁きとともにやさしく唇を塞がれる。触れ合ったところから彼の愛情が流れこんでくるようだ。だからサーシャからも想いをこめてアルベルトの唇をそっと吸った。

「ん…」

触れては離れ、離れては触れ、啄《ついば》むように、くすぐるように、何度も何度もキスを交わす。愛していると言葉で伝える代わりに互いの唇で想いを告げる。それは眩暈がするほど心地良く、身体の隅々まで深い愛情で満たされた。

やがてくちづけは深くなり、互いの温度が馴染んでいく。想いの強さを教えるように、同じだけのものを乞うように、互いのありったけで交わすくちづけに酔い痴《し》れた。

手櫛《てぐし》で長い髪を梳《す》かれ、指先で項を撫でられて、ぞくぞくしたものが背筋を伝う。

「んっ」

――もっと。もっと……。

サーシャを気遣ってか、身体を離そうとするアルベルトを追いかけて自分からもキスすると、彼の唇がふっと弓形に撓るのがわかった。

舌と舌で交わるような、蕩けるほどの甘いキスだ。響く水音にさえ煽られる。

そうしている間に貫頭衣の寝間着を脱がされ、下穿《ば》きも取り除かれて、サーシャはあっという間に一糸纏わぬ姿になった。

「あ……」

消しそびれた燭台《しょくだい》の灯《あか》りが天蓋の布越しに白い裸体を浮かび上がらせる。

控えめに存在を主張する薄桃色の胸の尖《とが》りも、括《くび》れた腰や腰骨も、ささやかな銀色の下生えさえも、なにもかもをアルベルトの目に晒した気恥ずかしさにサーシャはふるりと身をふるわせた。

「サーシャ」

艶めいた声に名を呼ばれ、そっと腕を引かれて抱き寄せられる。向かい合ったアルベルトの太股の上に乗り上げるような格好だ。

「今度は俺がおまえを膝枕する番だ」

「も、もう。これは違います……」

恥ずかしいやら、照れくさいやら。もじもじしていると、腰に両手を回したアルベルトにちゅっと音を立ててくちづけられた。

「きれいだ。サーシャ。おまえはどこもかしこも美しい」

「そんな…」

自分なんかより彼の方がよほど逞しくて素敵なのに。

「この先誰がなんと言おうと、おまえは俺の宝物だ。愛している」

強い眼差しで言いきると、アルベルトは回した両手でサーシャをグイと引き寄せた。

そのまま大きな手のひらに脇腹を撫でられ、ゆっくりと上に這わされて、これからはじまる情事の期待にビクビクと腰が揺れる。

その拍子に首から下げていた十字架のネックレスが揺れた。ふたりがまだ結婚する前、サーシャを守る証にとアルベルトがくれた大切なものだ。それ以来、肌身離さず身につけている。

「これを見るたび、あの日の誓いを思い出す」

「ぼくもです。アルベルト様は、いつもぼくを守ってくださいます」

「言ったろう、おまえは宝物だと。誰にも渡さないし、いっそ誰にも見せたくないくらいだ」

「もう。アルベルト様ったら……」

胸の位置にあるアルベルトの額にくちづけると、彼は驚いたように目を瞠り、それから蕩けそうな顔でふわりと笑った。

「新鮮だな」

「いつもしてもらうばかりでしたから」

普段ならどんなに背伸びしたって彼の額には届かない。だからなんだか特別な感じだ。

そう言うと、アルベルトも「確かにな」と頷いた。

「俺もいい眺めで参っている」

「え？　ん…っ」

両の手のひらが這い上がってきたかと思うと、そのまま薄い胸を揉みしだかれる。薄桃色の尖りはわずかな刺激にも甘く疼き、その色を濃くしながらぷっくりと存在を主張した。

「あっ、んん……」

指で摘《つ》まむように先端を捏ねられたかと思えば、唇で上下に挟まれやさしく吸われて、サーシャは身をふるわせるばかりだ。一年ぶりの刺激は眩暈がするほど鮮やかで、すぐにでも気をやってしまいそうだった。

はしたないことはしないように我慢しなければと思うのに、ともすると腰が揺れてしまう。

「んんっ」

ちゅうっと音を立てて胸を吸われ、一際高い声が出た。

突き抜けるような鋭い快感が背筋を駆け上り、すぐさま熱のうねりとなって腹の下へ落ちていく。まだ触れられていないにもかかわらず、自身は熱を孕《はら》んで切なく疼いた。

アルベルトの手が胸から鳩尾《みぞおち》、臍《へそ》、そして下腹部へと滑っていく。そうして下生えを軽くくすぐり、勃《た》ち上がりはじめていたサーシャ自身をやさしく包んだ。

「あっ…」

「感じてくれていたんだな」

「こ、これは、その……」

慌てて隠そうとするものの、アルベルトはもう片方の手を伸ばして戒めてしまう。

「こうしてかわいがってやれる日を待ち侘びていた」

「あ、んっ……」

ゆっくり全体を扱《しご》かれ、先端の括れを執拗《しつよう》に攻められ、また全体を扱かれてと、緩急をつけた甘い責め苦にサーシャは懊悩《おうのう》するばかりだ。どこをどうされるのが一番弱いか、熟知しているアルベルトの手にかかれば快楽を逃がすこともできない。

「あ、あ、あ……っ、……はぅっ……」

徐々に前傾するサーシャを胸に寄りかからせると、アルベルトは反対の手を後ろへ伸ばした。

「あ…」

「心配するな。ゆっくり慣らす」

頬にあたたかなキスが降る。

左手が双丘の間に滑ってきたかと思うと、その奥で慎ましやかに閉じているサーシャの蕾《つぼみ》にそっと触れた。

その途端、熱を思い出した身体が一気にブワッと熱くなる。

それは、自分でも驚くほどの反応だった。

――アルベルト様を、感じたい……。

渇望にも似た強い気持ちが腹の底から湧き上がってくる。

想いを重ねてからずっと、互いを互いの身体で感じ合ってきた自分たちだったけれど、この一年はそれができなかった。でも今、ようやく叶うんだ。そう思ったらいても立ってもいられなくなった。

「アルベルト様……」

「あぁ。俺も同じ気持ちだ」

言葉にしなくとも伝わるのがうれしい。

目と目を合わせただけで想いが届くのがこんなにもうれしい。

サーシャはアルベルトの首に両手を回し、ぎゅうっと力強く抱きついた。

「早く、アルベルト様のものに、してください」

「こら。煽るな」

アルベルトが苦笑するのが気配でわかる。

彼は幹を伝う先走りを塗りこめると、サーシャの花芯を育てにかかった。さらにその滑りを借りて後ろに回した手で後孔を舐《ねぶ》る。そっと指先が埋めこまれ、そちらに意識がいった瞬間に前を扱かれ、交互に、あるいは同時に与えられる前後の刺激にサーシャは身悶えるしかなかった。

「あ、あっ……ダ、メ……そんな……」

自分ばかりではいけない、彼にも気持ち良くなってもらわなければと思うのに、巧みな指が、舌が、唇が、微塵も隙を与えてくれない。

ついに指が奥まで埋めこまれたかと思うと、隘路を広げるようにゆっくりと中を押し上げられて、サーシャはビクビクと身をふるわせた。

「痛むか」

気遣わしげな問いに首をふって応える。

きゅうきゅうと指を食み締めていることから、サーシャが快楽の中にいることを察したのだろう。アルベルトの指が二本に増え、さらに中を捏ね回すようにして狭い道を広げていった。

「んんっ……」

彼の指が動くたび、くちゅっと響く音が恥ずかしくてたまらない。

それなのに、張り詰めた自身を扱かれると頭が真っ白になってなにもわからなくなってしまう。

三本の指を飲みこんだところでお互いにもう限界だった。

「サーシャ。前を開けてくれ」

言われるがまま、ふるえる手でアルベルトのズボンの前ボタンを外す。下穿きも同様にすると、大きく張り出した雄がぶるりと飛び出してきた。

「す、ごい……こんなに……」

「煽るなと言っているだろう。これでもこらえているんだぞ」

アルベルトが苦笑しながらサーシャの中から指を引き抜く。

喪失感に戦慄《わなな》く後孔に熱塊を宛がわれ、二度、三度と滑りを広げるようにして腰を揺さぶられた。

「ひとつになるぞ。いいか」

頷くと同時に腰を突き出され、ゆっくりと熱が押し入ってくる。

「……あ、……あぁ……」

身体を気遣ってくれているのだろう。焦《じ》れったくなるほどの時間をかけて、少しずつ少しずつ熱が埋めこまれていく。おかげで引き攣《つ》れるような痛みはなく、少しの圧迫感があっただけだ。

自重で熱塊を飲みこむたびに、彼は「上手だ」と褒めてくれた。

——アルベルト様がぼくの中に……でも…、もっともっと感じたい……！

強い想いに突き動かされるままサーシャは己の中を拓《ひら》き、圧倒的な質量を受け入れていく。

やっとのことで尻に下生えの感触が当たった時には汗びっしょりになっていた。

「すごい。アルベルト様がこんなにいっぱい……それに、熱くて……溶けそう……」

そっと下腹を手で押さえた途端、アルベルトがクッと眉根を寄せる。

「頼むから、それ以上煽らないでくれ」

「え？」

「暴走しないよう、これでも必死に抑えているんだぞ」

「暴走だなんて……アルベルト様にしてもらえるなら、ぼくはなんだってうれしいのに」

そう言うと、アルベルトはますます眉間の皺を深くした。

「おまえのそれはわざとか？」

「え？　え？」

「そんなわけはないな。わかっている。わかってはいるが、もう我慢の限界だ……！」

「あぁっ」

互いの境界線をなくそうとするかのように腰を戒められ、グイと突き上げられる。さらなる深みに迎え入れた切っ先がいい場所を抉り、サーシャは声にならない声を上げた。

「サーシャ……」

熱っぽい声がくり返しくり返しこの名を呼ぶ。彼が遮二無二求めてくれている。それがうれしくてたまらない。

「アルベルト様……」

だからサーシャからも呼び返し、逞しい首筋に顔を埋めた。

「あぁ、愛している。愛している、サーシャ……」

奥を穿《うが》たれるたびに気持ち良すぎて鳥肌が立つ。今にも弾けそうな自身は抽挿に合わせてゆらゆら揺れ、快楽の極みに惑うばかりだ。

一際奥を突かれた瞬間、全身に甘苦しい衝撃が走った。

「あ、あ……いっ、ちゃぅ………アル、ベルト、さまっ……」

「あぁ。俺もだ。一緒に達《い》こう」

ガクガクと揺らされるたびに疼きは波紋のように全身に広がり、なにもかもをわからなくさせる。気持ちいいことしか。ひとつになれてうれしいことしか。アルベルトを愛していることしか。

「あっ、あっあっ……あんっ……」

一際力強いストロークに奥を抉られた瞬間、頭の中が真っ白になった。限界まで熱く膨らんだもので最奥をグイと突かれ、押し出されるようにして自分の中がスパークしていく。

「ああぁっ……い、……く、ぅっ……あぁ――……」

「クッ……」

サーシャ自身から蜜が噴き出したのと同時に、最奥に熱いものが叩きつけられた。

「あ…、あ……」

なんて熱く、力強いんだろう。

彼もまた自分とひとつになって快楽を極めてくれたのだと思うと、飛沫の一滴さえ愛おしい。ドクドクと注がれるアルベルトの愛をこぼさないよう中を蠕動《ぜんどう》させるサーシャに、彼は眉尻を下げながら苦笑した。

「おまえには煽られてばかりだ」

「それを、言うのは……ぼくの方です」

抱き合った格好のまま、顔を見合わせ笑い合う。そのままどちらからともなく引き合うように唇を重ねた。

「サーシャ、愛している……。おまえに出会えて良かった」

「ぼくもです。アルベルト様」

啄むようなくちづけに、ゆっくりと荒い呼吸が落ち着いていく。

サーシャの腰を支えながら自身を引き抜いたアルベルトは、手早く後始末をすると、もとのとおり寝間着を着せてくれた。

自身も貫頭衣に着替え、サーシャの隣に横たわる。

逞しい腕に頬を擦り寄せると、アルベルトは包みこむように腕枕をしてくれた。

「身体は平気か」

もう片方の手でそっと後《おく》れ毛を払われ、心地良さに目を細める。

「大丈夫ですよ。……アルベルト様は心配しすぎです。ぼくはそんなにヤワじゃありません」

「そうだといいが。おまえを大事にしたいのだ。わかってくれ」

「もちろんです。そのお気持ちがすごくうれしいです」

至近距離で見上げると、アルベルトは先ほどサーシャがしたように額にやさしいキスをくれた。

「おまえのおかげで、俺は次々に知らない世界と出会っている。おまえには感謝しかない」

「アルベルト様……」

「おまえがノアを産んでくれて、こうして命はつながっていくのだとよくわかった。これまで当たり前のように見えていたことのひとつひとつが、どれだけの信念と努力で成り立っていたのかと」

アルベルトが静かに嘆息する。

髪を撫でてくれていた手を取ると、サーシャはそれを胸に抱き締めた。

「もったいないお言葉です。ぼくよりもむしろ、ベルトルド様とヴィクトリア様に伝えて差し上げてください。きっとよろこばれると思います」

「両親に言うと思うと照れくさいものだな。……だが、そうしよう」

「ぜひ。言葉が届く、それこそが生きている証ですから」

もっと愛していると言えば良かった、もっとたくさんの話をすれば良かった。後になって思ってもそれは決して叶わない願いだ。だからこそ今を大切にしてほしいと伝えるサーシャに、アルベルトは一呼吸置くと思いがけないことを言い出した。

「言葉は、天国にも届くと俺は思うぞ」

「アルベルト様……？」

言われている意味がわからずきょとんとなる。

「おまえの両親にも報告に行こう。俺の両親だけにノアの顔を見せるのは不公平だ」

「！」

「一緒に森の家に行こう。三人で」

噛んで含めるように言われてもなお、うれしさのあまりすぐには言葉が出てこなかった。

「一緒に……行ってくださるんですか」

やっとのことで声を絞り出すサーシャに、アルベルトは当然とばかりに頷く。

「前にも行ったろう。おまえをしあわせにすると報告したな」

そう。家を出て一年、手入れもせず放置していることを心苦しく思っていたサーシャに、アルベルトが修繕を申し出てくれたことがあった。それをふたりで見にいったのだ。

「おまえの来たい時にいつでも来ようと約束した。俺はあの言葉を忘れていないぞ。これからは俺も家族として来たいと言ったこともな」

「アルベルト様……」

まさか覚えてくれていたなんて。そればかりか、今も心を寄せてくれていたなんて。

「ありがとうございます。ぼくの両親まで大事にしてくださって」

「おまえの父母は俺の父と母でもある。そして大切なおまえを産んでくれた、かけがえのない存在だ。それは今後も変わることはない。……一度は種族の分断を招いてしまったからこそ、森の家を訪れることで自分自身を見つめ直すこともできる。俺にとっても大切な場所だ」

サーシャはまっすぐ愛しい伴侶を見上げ、胸に抱いていた手をぎゅっと握った。

「アルベルト様に出会えて良かった……きっと、両親もそう言ってくれるはずです」

「ならば孫の顔を見せがてら、たくさんの話をしに行こう」

「はい。ぜひ」

顔を見合わせ、微笑み合う。

未来に向けた相談は尽きることなく、やがて疲れて眠ってしまうまで楽しい話は続くのだった。

数日後、ふたりはノアとともに針葉樹の森を訪れていた。

サーシャが生まれ育った思い出の場所だ。

心の故郷である森を眺め回し、思う存分木々の香りを吸いこんで、サーシャは感慨に目を閉じる。

——また、こんなふうにここに帰ってこられるなんて……。

以前、アルベルトが職人に命じて家を修繕してくれたことがあったけれど、あれからも折に触れて手を入れてくれていたようで、今や誰も住んでいないにもかかわらず思い出の生家は昔のままだ。

「きれいにしてくださっていたんですね」

隣に立つアルベルトを見上げれば、彼は微笑みだけでそれに応える。「当然のことをしたまでだ」と顔に書いてあるのが読み取れて、サーシャもまた「ありがとうございます」と笑みで返した。

かつてここで、父と母とサーシャの三人で暮らしていた。

けれど父レオンは狼狩りに遭い、母オルガは病に倒れ、そしてサーシャはひとりぼっちになった。十歳の時のことだ。それから街へ出る十六歳までずっとひとりで暮らしてきた。

寂しくなかったと言ったら嘘になる。

それでも、両親からもらったたくさんの愛と、森で暮らす動物や植物たちがサーシャの味方をしてくれた。森の息吹を感じるたび、命の証を見つけるたびに胸をときめかせてきたものだ。

この家を出て、広い世界を知って、周囲のやさしい人たちのおかげで自分は成長したと思う。

だからこそ、原点であるこの家がよりいっそう大切に、そしてとても愛おしく思える。

「さぁ、サーシャ。報告をしよう」

そんな気持ちは自然と伝わったのか、アルベルトにやさしく背中を押された。

「とびっきりの吉報だ。きっとよろこんでもらえるに違いない」

「そうですね。きっと」

微笑み交わすふたりに、サーシャの腕の中にいるノアも「あー」とかわいい声を上げる。

「ふふふ。ノアも早くおじいちゃんとおばあちゃんに会いたいね」

「あっ、あっ」

「そうか。おまえも待ちきれないか。それならなおさら早く行かなくては」

アルベルトと頷き合うと、ふたりは揃って家の裏手へと回った。

かつて耕していた大麦の畑はもうすっかり荒れ地になってしまったけれど、その手前に築いた墓はきれいなままだ。ここも掃除をしておいてくれたのだろう。石を立てただけの粗末なそれは、十歳の自分が建てた母オルガの墓だった。

人であるアルベルトと想いを重ね、ふたりで生きていくと誓った時もここに来た。

そうして今、孫の顔を見せるためにやってきたのだ。

サーシャはノアを抱いて墓の前にしゃがむと、大好きな母の顔を思い出しながら口を開いた。

「ただいま。お母さん。今日は素敵な報告があって来ました」

自分が生まれた時、彼女は今の自分のように両親に伝えたかったことだろう。

けれど、人の社会のすべてを捨てて禁忌の生きものに嫁いだオルガにそれは許されないことだった。

しかたがなかった。愛を取るにはそれしかなかった。ふたりもそれをわかっていたはずだ。

それでも、願わずにはいられなかっただろう。人間と人狼の真の和解を。種族の分断の氷解を。

「お母さん。見て、あなたの孫です。お父さんもきっと天国で一緒にいますよね。ふたりに会わせたくて連れてきたんです。ノアっていうんですよ、かわいいでしょう。素敵な男の子です。毎日元気に泣いたり笑ったり……たくさん食べてたくさん眠って、すくすく大きくなっていますよ。この子は、ぼくが赤ちゃんだった頃に似ていますか？　それがわかるのはお父さんとお母さんだけだから、今頃天国で懐かしく思い出してくれているでしょうね」

　この国のどこかで眠っているだろう大好きな父の顔を思い描く。

　ふたりと一緒にいられたのはとても短い間だったけれど、惜しげもなく注いでくれた愛が今も自分を支えてくれている。だからこそ、同じことを我が子にもしてあげたいと思うのだ。

「ねぇ、お父さん。お母さん。ぼくは今すごくしあわせです。ぼくはふたりの子供で良かった。ふたりに育ててもらえて良かった。新しい命を腕に抱いて、心からそう思うんです。ふたりがいてくれなかったらぼくはこの世に生まれなかった。アルベルト様とも出会えなかった。そしてこの子も生まれなかった。そうやって、命はつながっていくんですよね」

　そっと腕の中のノアを見下ろす。

　これからこの子はどんな幸福に酔うだろう。どんな苦難に遭うだろう。どんな時も自らを偽ることなく、まっすぐ生きていってほしいとただそれだけを願う。

　大好きな父と母がかつて自分に願ってくれたように――。

　熱いものがこみ上げてくる。気持ちを落ち着けるためにゆっくり深呼吸をすると、サーシャはもう一度墓石を見つめた。

「お父さん。お母さん。ぼくを生んでくれてありがとう。ぼくを愛してくれてありがとう。ぼくが在るのはふたりのおかげです。そして、今のぼくがしあわせなのはアルベルト様とノアのおかげです。

これからは、アルベルト様のお父様とお母様を大切にしながら、家族のため、そしてこの国のために精いっぱい尽くします。どうか天国から見守っていてくださいね。いつまでも愛しています」

隣にいたアルベルトがやさしく背中をさすってくれる。

サーシャは抱いていたノアを夫に預けると、胸の前で十字を切って長い長い祈りを捧げた。

天にいるふたりがしあわせでありますように。この子を守ってくれますように。そして変わることのないこの愛が、ふたりのもとに届きますように。

針葉樹の香りを纏った秋の風がやさしく頬を撫でていく。

祈りを終えたサーシャは晴れやかな気持ちでアルベルトをふり仰いだ。

「ノアのためにもますます良き伴侶として、王妃として、アルベルト様をお支えします」

「よく言ってくれた。俺もおまえの良き伴侶として、王として、家族を大切に、この国を発展させていくことをおまえとおまえの両親に誓う。約束だ」

「アルベルト様……」

「だが、もうひとつある」

アルベルトは片手でノアを抱え、もう片方の手でサーシャを胸に引き寄せる。

「おまえを生涯愛し、しあわせにすることをあらためて誓う」

思いがけない言葉にサーシャは目を瞬いた。

「い、いいえ。もうしあわせにしていただいています」

「もっとだ」

「いえ、でも、今でもとても」

「それよりもっとだ」

ますます目が丸くなる。

そんなサーシャに、アルベルトは楽しそうに片目を瞑った。

「両親の仲が良いほど、子供は良く育つと聞いた。おまえのようにな。だから俺たちもノアのために見本を示さなくてはなるまい」

もっともらしく頷いてみせるのがおかしくて、サーシャは涙を浮かべたまま笑ってしまう。

あぁ、こんなところがとても好きだ。やさしく、大きく、すべてを包みこんでくれるところが。

「愛しています、アルベルト様。生涯ただあなたひとりを」

「俺も愛している。サーシャ、生涯ただおまえひとりだ」

あらためて愛を誓い合ったところで、ノアがかわいい声で「あー」と割りこんでくる。

「なるほど。ノアも賛成か」

「もう。アルベルト様ったら」

顔を見合わせて笑ったふたりは、代わりばんこにノアの小さな額にキスを贈った。

それから、お互いにもやさしいキスを。

これからの未来を祝福するように爽やかな風が吹き抜けていった。

銀の祝福が溶ける夜に

世界の北の果て、イシュテヴァルダに今日も夜の帳《とばり》が下りる。

覚えたばかりの聖歌を口ずさみながら寝る仕度をしていたサーシャは、トントン、という控えめなノックに顔を上げた。侍従や侍女たちがするのとは違う、聞こえるか聞こえないかほどの小さな音は自分を驚かせないようにという伴侶のやさしい気遣いだ。

急いで寝室のドアを明けると、案の定、立っていたのは政務を終えたばかりのアルベルトだった。

「お仕事お疲れさまでした。アルベルト様」

「あぁ」

いつものように腕を広げられ、サーシャは迷わず胸に飛びこむ。一日の終わりにぎゅっと抱き合うことで、今日も一日を無事に終えることができたとしみじみ実感できるのだ。

「待たせたな。今日もいい子にしていたか」

「もう。ぼくはノアじゃありませんよ」

くすくすと笑いながら額にやさしいキスをもらい、心地良さにサーシャはうっとり目を閉じた。

「さぁ。今夜も話をしよう」

腕を解いたアルベルトにソファに促され、ふたりは並んで腰を下ろす。

お互いに今日がどんな一日だったかを伝え合う、夫々《ふうふ》ふたりだけの大切な時間だ。

アルベルトが国や外交のことを話せば、サーシャは民や城で働く人々のことを伝える。毎晩様々なことを語り合っているけれど、最後は必ず我が子の話をするのがお決まりだった。

「ノアはどうしている。今日も元気だったか」

「はい。よく食べて、よく眠って、そして大きな声でよく泣いて……」

思い出しただけで頬《ほお》がゆるむ。

今日はやけに虫の居所が悪かったようで、お昼寝から覚めるなりギャン泣きがはじまった。いくらあやしても抱っこしても泣き止《や》まず、終《しま》いには身体を海老《えび》反りにして延々と不満を訴えたのだ。

一部始終を話して聞かせると、アルベルトはくすくすと笑いながら目を細めた。

「それは難儀したな。まったくあれには驚かされる……。俺もノアが生まれるまで赤ん坊の泣き声があんなに大きいとは知らなかった」

王太子として朝から晩まで帝王学教育を施され、目の回るような忙しい日々を過ごしていたアルベルトは、年の離れた弟のユリウスが赤ん坊だった頃の声を聞いたことがなかったそうだ。

ひとりっ子のサーシャにとっては文字どおりはじめての体験で、乳母たちから話は聞いていたけれど、実際に面と向かうと想像以上にパワフルな声で驚いた。

「あの小さな身体のどこからあんな声が出るんでしょうねぇ」

「頼もしいものだ。将来は勇壮な男になるぞ」

「元気な証拠でうれしいですね」

城の人々に見守られながらノアはすくすくと育っている。顔つきもずいぶんはっきりしてきたし、「すき」や「いやいや」など、自己主張もするようになってきた。

「毎日少しずつ重たくなっているんですよ。生まれた時はあんなに小さかったのに、今はもう抱いているだけで腕が痺《しび》れることも」

「あぁ、おまえには重かろう」

「それでもアルベルト様は片腕で軽々と抱っこされるんですから、すごいです」

「これも鍛錬の賜《たまもの》かもしれないな。こんなことにも役に立つとは、励んでおいた甲斐《かい》があった」

やわらかに微笑《ほほえ》んだアルベルトは、ふとなにか思いついたように「あぁ」と続ける。

「おまえも片腕で抱き上げられそうだな。ノアとおまえ、ふたりを片腕ずつに」

「えっ。……い、いえ、ぼくは遠慮しておきます」

そんなことをしようものなら、家令のフランシスが飛んできて「国王夫妻ともあろうお方が！」とお説教されてしまう。いや、それ以前に子供と一緒に抱っこされるなんて恥ずかしい。

ふるふると首をふると、必死な様子がおかしかったのか、アルベルトはまたも声を立てて笑った。

「俺にはうれしいご褒美なんだが。……それよりも、俺はおまえが片腕で抱き上げられそうなことの方が心配だ」

「アルベルト様……？」

きょとんとしているうちに、頬にあたたかな手が添えられる。

「このところ忙しくしていただろう。また痩せたんじゃないか？　無理をしていないか？」

おまえの身体が心配なのだと澄んだ瞳が告げている。

やさしい気遣いにほっとしながら、サーシャはアルベルトの大きな手を取った。上下で挟むように両手で包み、自分から頰を擦り寄せる。

「ぼくなら大丈夫ですよ。無理もしていません」

「だが」

「ほんとうです。強がりでもありません。……この頃、しみじみ思うんです。アルベルト様が愛してくださっているこの心と身体を、ぼく自身も大事にしなくちゃって。大切なアルベルト様のためにも、ノアのためにも、ぼくは元気でいなくっちゃ」

かつて彼は言ってくれた。自分が心から大切に思うものをどうか粗雑に扱ってくれるな、と。

アルベルトの伴侶となり、愛《いと》しい我が子を得て、大切なものが増えるたびに彼の言葉を痛感する。

そう言うと、アルベルトはなにかを嚙《か》み締めるように静かに長いため息をついた。

「おまえのそのやさしさに、俺はいつも救われる思いだ」

「アルベルト様」

頰を擦り寄せていた手を引かれ、手のひらに誓いのキスを落とされる。

「それなら俺も、おまえとノアのために自分自身を大切にしよう。そしておまえが愛してくれた俺の心と身体を、おまえたちを守るために壮健に保とう」

「はい。いつまでも素敵なアルベルト様でいてください」

「難しいことまで言う」

アルベルトは大袈裟《おおげさ》に顔を顰《しか》めてみせた後で、「だが」と笑いながら続けた。

「おまえに好ましく思われるためなら努力しなくてはな。いつでも気を引くために必死だ」

「アルベルト様が？　必死？　まさか」

「なにをそんなに驚くことがある。当然だろう」

「いえ…、だってアルベルト様は、アルベルト様でいてくださるだけで充分すぎるほどなので」

それ以上の理由なんてない。

当然とばかりに返すと、アルベルトは一瞬目を瞠《みは》った後で、なぜか「ふはっ」と噴き出した。

「おまえの口説き文句は熱烈だな」

「えっ」

「ならば俺は態度で示そう」

「あ…」

なにを——と問うより早く腰を引き寄せられ、頰に唇が押し当てられる。そのやわらかな感触にドキッとしたのも束《つか》の間《ま》、目尻に、額にと、次々にあたたかなキスが落とされた。

降り注ぐキスの雨にどんどん力が抜け、瞼《まぶた》が落ちる。触れるごとにお互いの温度が馴染《なじ》んでいき、しっくりと溶け合うのが心地いい。

「ん……」

甘いため息が洩《も》れたのを合図に、熱い唇同士が重なった。

これまで数え切れないほど交わしてきたキスなのに、いまだ心臓がドキドキと高鳴ってたまらない気持ちになる。甘やかに酩酊《めいてい》するような、鮮やかに覚醒するような、得《え》も言われぬ不思議な心地だ。身も心もとろりと溶けてこのままひとつになってしまいそう。

「…ん、……」

けれど、うっとり浸っていられたのも束の間。ちゅっと音を立てて唇を啄《ついば》まれた瞬間、頭の上にひょっこり狼《おおかみ》耳が飛び出した。

「え？　えっ？」

「あぁ、久しぶりに見たな」

アルベルトがうれしそうに頬をゆるめる。

「す、すみません」

「こら。隠すな」

慌てて引っこめようとしたもののやんわりと制され、さらにはちゅっとくちづけられて、サーシャはふるふると身をふるわせた。

ただでさえ耳殻は弱い方だ。触れられるだけでゾクッとなってしまうし、キスをされたり、耳元で囁《ささや》かれるだけでも鳥肌が立ってしまう。

普段がそんな有様だから、たまにしか出ない狼耳なんて弱みの塊のようなものなのだ。

「あ、あのっ…、アルベルト様……」

できるだけ触らないでほしいと目で訴えてみたのだけれど、笑顔で受け流されてしまった。もっと気持ち良くしてやるとばかりに強く腰を引き寄せられる。

「あのっ……あっ…、んっ……んんっ……」

ピンと伸びた狼耳の先端に、ふわふわの毛が生えた根元に、そして耳の裏側にも立て続けにキスを落とされ、さらにはやんわり甘噛みまでされて、サーシャはとうとう伴侶の胸にグイグイと頭を押し当てるようにして丸くなった。

顔が真っ赤になっているのが自分でもわかる。きっと首まで染まっているに違いない。

せめてみっともないところは見せないようにと思うのだけれど、キスの余韻に狼耳はひょこひょこ動いてしまうし、いつの間に出ていたのやら尻尾までパタパタ動くしで、なにをどうやっても誤魔化《ごまか》せそうにない。

さらには尻尾をさわさわとくすぐられ、「ひゃあ！」とおかしな声まで出た。

「はっはっは。気持ち良さそうだな、サーシャ？」

「こ…、腰が、抜けそうです……」

もはや涙目だ。へにょへにょになったサーシャを見て、またもアルベルトは声を立てて笑った。

「おまえはまったく……母になってもなおかわいらしくて魅力的だ。こんなおまえを知っているのは世界中で俺だけだな。ノアでさえ知らない」

「アルベルト様？」

それはどういう意味だろう。

はじめはきょとんと首を傾《かし》げていたサーシャだったが、アルベルトがふっと口角を上げるのを見てじわじわと頬を赤らめた。

「えっと、あの……ノアは息子なので……」

「そうだな。じゃあ、俺だけだな？」

「もう」

上目遣いに睨《にら》むようにすると、アルベルトが蕩《とろ》けるような顔で微笑む。

この笑顔に弱いのだ。やさしく、愛情深く、時々少しだけ意地悪で、独占欲も隠さないこの人の。

「アルベルト様だけですよ。ぼくはずっと、アルベルト様のものですから」

「俺もずっと、おまえだけのものだ。愛している、サーシャ」

互いの想《おも》いを分け与えるように、どちらからともなく瞼を閉じる。

ふたりだけの甘やかな夜はこうして静かに更けていくのだった。

あとがき

こんにちは、宮本《みやもと》れんです。
『銀の祝福が宿る夜に』お手に取ってくださりありがとうございました。

これまで『銀の祝福が降る夜に』『アドレアの祝祭』『祝命のエトランゼ』と続いた「祝シリーズ」もこれで四冊目となりました。

こちらは「祝シリーズ」の一作目『銀の祝福が降る夜に』の続編となります。

前作『銀の祝福が降る夜に』は「敵同士として出会ったふたりの運命の恋」がテーマでしたが、本作は「種族の分断・国家の分断・家族の分断を乗り越える愛」を主軸に据え、イシュテヴァルダ国内のみならず、隣国や同盟各国にまで視野を広げて描きました。

アルベルトとサーシャだけでなく、アルベルトの両親であるベルトルドとヴィクトリア、彼女の甥のガムラスタ王ヘンリー、アルベルトの従兄弟の辺境伯エドガーと恋人のシャーロットに至るまで登場人物それぞれに大なり小なり試練があり、それを乗り越えることで新しい世界が開けていく様を描ければと思ってのことです。読んでくださった方のお心に少しでも響くものがあれば、これ以上うれしいことはありません。

また、せっかくの機会でしたので、シリーズを読んでくださっている方にはお馴染みの国名やキャラクター名も散りばめておきました。こういうのもシリーズならではですね。作品が増えるごとにこの世界の時間も進んでいくので、こうして前作から四年後の作品に取り組んでみて、それぞれの関係が深まった姿を描くのはとても楽しい体験でした。

　これから先、「世界の北の果て」と呼ばれるイシュテヴァルダはどんなふうに発展していくのでしょう。周囲の国もどう変わっていくのでしょう。名前だけを与えられた国々についても書いてみたいことがたくさんあります。今回の続編が読者様からのリクエストで実現したように、シリーズ継続への応援を編集部様まで届けていただけたら幸いです。

　なお、私事ながら、この本が刊行される日にちょうどデビュー十周年を迎えます。

　商業作家であり続けることができるのも、応援してくださる読者様と、信じてお仕事を任せてくださる出版社様のおかげです。本当にありがとうございます！　これからも心をこめて書くことでお返しをしていけたらと思っております。

　十周年記念企画として『銀の祝福が降る夜に』番外編の雑誌掲載（リンクス二〇二三年五月号）や十周年記念フェア（『銀の祝福が宿る夜に』新書の帯をご覧ください）を開催していただく他、編集部様宛にお手紙をくださった方を対象にした全員プレゼントなど、私個人でもいくつか企画を行う予定です。ツイッター（@renn_0130）でお知らせしますので、よかったらご参加くださいね。

　本作にお力をお貸しくださった方々へ御礼を申し上げます。

素敵なイラストで飾ってくださいましたサマミヤアカザ先生。デビュー六周年の日に『銀の祝福が降る夜に』で、デビュー十周年の日に『銀の祝福が宿る夜に』で、こうしてご縁をいただけて光栄です。愛と幸福で満たされたアルベルトとサーシャ、そしてノアのカバーイラスト、口絵や挿絵に至るまでどれも宝物です。ありがとうございました。

魅力的なタイトルデザインを施してくださいましたCoCo.Designの清水様。シリーズが進むにつれ、次はどんなデザインかなとワクワクしています。前作との統一感がありつつ目を引くデザインでうれしいです。ありがとうございました。

いつもながら大変お世話になりました担当M様。記念だからと様々にご尽力くださり、このような私にもったいないほどの場を与えてくださいましてありがとうございました。これからもどうぞよろしくお願いいたします。

そして、応援してくださるすべての読者様。背中を押していただくおかげで、こうして前に進むことができます。いつもほんとうにありがとうございます。これからも変わらず見守っていただけましたらうれしいです。

最後までおつき合いくださりありがとうございました。
それではまた、どこかでお目にかかれますように。

二〇二三年　祝福の宿る、よろこびの春に　　宮本れん

LYNX ROMANCE

小説原稿募集

リンクスロマンスではオリジナル作品の原稿を随時募集いたします。

募集作品

リンクスロマンスの読者を対象にした商業誌未発表のオリジナル作品。
（商業誌未発表のオリジナル作品であれば、同人誌・サイト発表作も受付可）

募集要項

＜応募資格＞

年齢・性別・プロ・アマ問いません。

＜原稿枚数＞

４５文字×１７行（１枚）の縦書き原稿、２００枚以上２４０枚以内。
※印刷形式は自由。ただしＡ４用紙を使用のこと。
※手書き、感熱紙不可。
※原稿には必ずノンブル（通し番号）を入れてください。

＜応募上の注意＞

◆原稿の１枚目には、作品のタイトル、ペンネーム、住所、氏名、年齢、電話番号、メールアドレス、投稿（掲載）歴を添付してください。
◆２枚目には、作品のあらすじ（４００字～８００字程度）を添付してください。
◆未完の作品（続きものなど）、他誌との二重投稿作品は受付不可です。
◆原稿は返却いたしませんので、必要な方はコピー等の控えをお取りください。
◆１作品につき、ひとつの封筒でご応募ください。

＜採用のお知らせ＞

◆採用の場合のみ、原稿到着後６カ月以内に編集部よりご連絡いたします。
◆優れた作品は、リンクスロマンスより発行させていただきます。
原稿料は、当社既定の印税でのお支払いになります。
◆選考に関するお電話やメールでのお問い合わせはご遠慮ください。

宛先

〒151-0051
東京都渋谷区千駄ヶ谷４−９−７
株式会社　幻冬舎コミックス
「リンクスロマンス　小説原稿募集」係

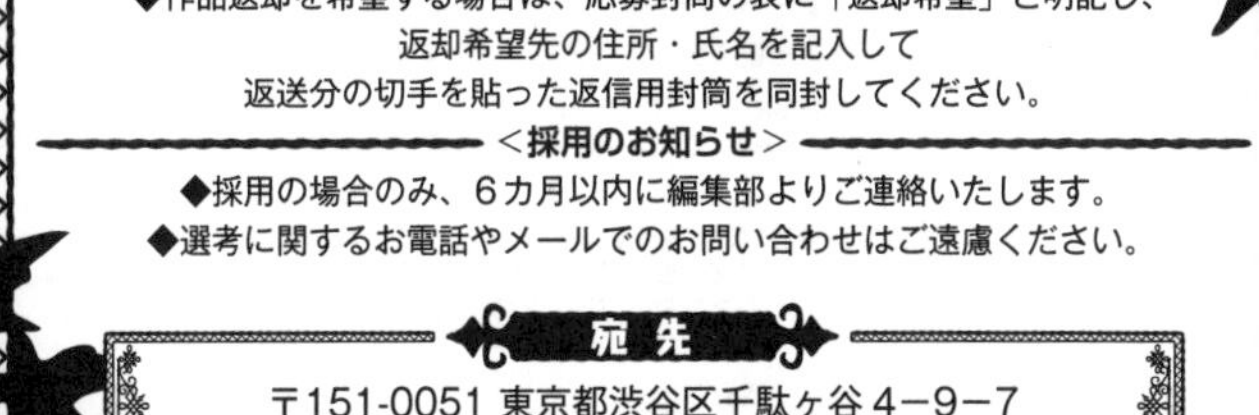

この本を読んでの
ご意見・ご感想を
お寄せ下さい。

〒151-0051
東京都渋谷区千駄ヶ谷4-9-7
(株)幻冬舎コミックス　リンクス編集部
「宮《みや》本《もと》れん先生」係／「サマミヤアカザ先生」係

リンクスロマンス

銀の祝福が宿る夜に

2023年4月30日　第1刷発行

著者……………宮《みや》本《もと》れん
発行人…………石原正康
発行元…………株式会社　幻冬舎コミックス
〒151-0051　東京都渋谷区千駄ヶ谷4-9-7
TEL 03-5411-6431（編集）
発売元…………株式会社　幻冬舎
〒151-0051　東京都渋谷区千駄ヶ谷4-9-7
TEL 03-5411-6222（営業）
振替00120-8-767643
印刷・製本所…株式会社　光邦
検印廃止

ISBN978-4-344-85220-4　C0293
Printed in Japan

幻冬舎コミックスホームページ　https://www.gentosha-comics.net